20/20卷

江户川乱步青年侦探全集

恐怖三角馆

【三角館の恐怖】

[日] 江户川乱步（えどがわ らんぽ）◎著

叶荣鼎◎译

時代文藝出版社

图书在版编目（CIP）数据

江户川乱步青年侦探全集. 20，恐怖三角馆 /（日）江户川乱步著；叶荣鼎译. —长春：时代文艺出版社，2016.6

ISBN 978-7-5387-5235-9

Ⅰ.①江… Ⅱ.①江… ②叶… Ⅲ.①侦探小说－日本－现代 Ⅳ.①I313.45

中国版本图书馆CIP数据核字（2016）第111058号

出品人 陈 琛
产品总监 郭力家
责任编辑 刘瑀婷
闫松莹
装帧设计 黄 龙
排版制作 隋淑凤

江户川乱步青年侦探全集 20

恐怖三角馆

[日] 江户川乱步 著 叶荣鼎 译

出版发行 / 时代文艺出版社
地址 / 长春市泰来街1825号 时代文艺出版社 邮编 / 130011
总编办 / 0431-86012927 发行部 / 0431-86012957 北京开发部 / 010-63108163
官方微博 / weibo.com / tlapress 天猫旗舰店 / sdwycbsgf.tmall.com
印刷 / 三河市万龙印装有限公司
开本 / 640mm × 910mm 1 / 16 字数 / 135千字 印张 / 12.5
版次 / 2016年6月第1版 印次 / 2016年6月第1次印刷 定价 / 20.00元

图书如有印装错误 请寄回印厂调换

出版说明

江户川乱步本名平井太郎，1894年10月21日生于日本三重县名张市，是日本著名的推理作家、评论家，“本格派”推理的创始人，被誉为“日本侦探推理小说之父”。

1923年，他在《新青年》杂志上发表本格推理处女作《二钱铜币》（收录于全集11卷中）轰动文坛，奠定了日本侦探小说的基础，同时也引领了日本推理小说的创作风潮。

“本格”是日语词，有“正规、正统”之意。所谓“本格推理”是指推理者从谜案中搜寻蛛丝马迹，经过严密的逻辑推理，解开谜案疑点，拨云见日、找出真凶的过程。所以，在“本格推理”的世界中有两个要素不可或缺：一是难解的谜案（如密室杀人），二是逻辑严密的推理。这也是本格推理最大的魅力所在，因为谜案难解，才好奇；因为推理刺激，才痛快！

我们出版的“青年侦探全集”（全20卷），共包含23篇本格推理故事，情节扑朔迷离，悬念强烈，既充满诡谲的气氛，又有着环环相扣的严密推理。案情往往在看似山穷水尽之时峰回路转，出人意料又合情合理，令人拍案叫绝。其主角明智小五郎是江户川乱步成功塑造出的日本第一位名侦探，在日本家喻户晓，被称作“日本的福尔摩斯”。密室杀人案、死亡倒计时牌、钟楼里的秘密、五重塔的诅咒……不同于传统侦探故事中主角的开挂式超能，乱步笔下的大侦探在与凶手的博弈中，有时也会犯错误，甚至在交锋中败下阵来。但也正因如此，才使得明智小五郎的形象更为真实丰满，让金属般棱角分明的推理故事中多了一丝有血有肉的真情感。

该全集内容由著名日本文学翻译家叶荣鼎先生，历时八年翻译而成，不仅再现了一代推理大师的作品原貌，更注入了翻译家对大师的崇敬之情。相较于市面上现有的其他译本，叶荣鼎先生的译文文本规范、文字精当、情节紧凑、故事性强，适合各年龄段的读者阅读和收藏。

此外，还有专门为本套图书绘制的精美插图，穿插在故事中，凸现案件发展的关键节点。诚邀爱好侦探推理的朋友，跟随大师的妙笔一起畅游本格推理的世界。随着侦探与凶手视角的转换，一窥善恶。读罢小说，回归现实，你既不是机关算尽的凶手，也不是明察秋毫的神探，周遭的一切皆毫发无伤，但是你却收获了阅读应有的快乐。

时代文艺出版社

目　录

コンテンツ

馆内居民 | 001
奇怪建筑 | 003
诉说衷肠 | 012
不欢而散 | 018
黑暗相遇 | 022
枪声响起 | 028
侦探登场 | 038
可疑鞋印 | 044
谁是凶手 | 051
善良老人 | 059

财产平分 | 064

协议失窃 | 070

转移视线 | 078

面红耳赤 | 086

电梯惨剧 | 093

内部摸排 | 102

无柄匕首 | 107

电梯调查 | 113

高等数学 | 119

层层剖析 | 124

男女对话 | 129

奇迹出现 | 134

巧设圈套 | 142

纸币兑换 | 149

不打自招 | 154

套中有套 | 161

各就各位 | 166

伏击凶手 | 173

束手就擒 | 181

犯罪动机 | 184

馆内居民

右三角馆

蛭峰健作　70岁　与蛭峰康造是孪生兄弟，是蛭峰康造的哥哥；

蛭峰健一　36岁　是蛭峰健作的长子，独身；

蛭峰丈二　32岁　是蛭峰健作的次子，独身；

穴山弓子　58岁　是蛭峰健作已故妻子的妹妹；

女用人2名。

左三角馆

蛭峰康造　70岁　与蛭峰健作是孪生兄弟，是蛭峰健作的弟弟；

蛭峰良助　33岁　是蛭峰康造的养子，独身；

鸠野桂子　26岁　是蛭峰康造的养女，已婚，改为夫家姓；

鸠野芳夫　38岁　是鸠野桂子的丈夫，按妻子要求搬至蛭峰康造家居住；

猿田管家　60岁　受上代主人和现主人雇佣的管家，住左三角馆；

女用人2名。

奇怪建筑

悄然无声的大雪不知什么时候已经停止了飘落。

刺骨的寒风仍然在阴沉沉的天空中狂舞。

律师森川五郎不由得竖起呢大衣领子，戴着皮手套的右手不停地摇晃着公文包，沿河边道路快步走着。

长筒橡胶靴的下边，不时地传出靴底踩在雪上发出的响声，声音清脆悦耳，使心情格外舒畅。

“沿街角转一个弯，就是蛭峰别墅的玄关了。”

他放心地抬起头来，眺望隔着围墙内的西洋别墅。

这是一幢砖结构的建筑，建于明治时期，已经十分陈旧。它又是一个幸运儿，在大正时代的罕见地震时没有倒塌，在战争期间也没有被炸毁，精神抖擞地矗立在这里。

这就是需要律师出面解决问题的三角馆吧?

他暗自嘀咕。

三角馆，是社会上对这幢西洋建筑的习惯称呼。它占地面积约六百六十平方米，近似于正方形，地下有地下室，地上有五层楼，屋顶还有夹层房间，有种威风凛凛的气势。

不用说，它原来是一幢住宅，可大正末期，好端端的正方形住宅用地和住宅建筑被一条对角线分成两个等腰三角形。这条对角线是一道厚厚的砖墙，是左右两个住宅的分界线。

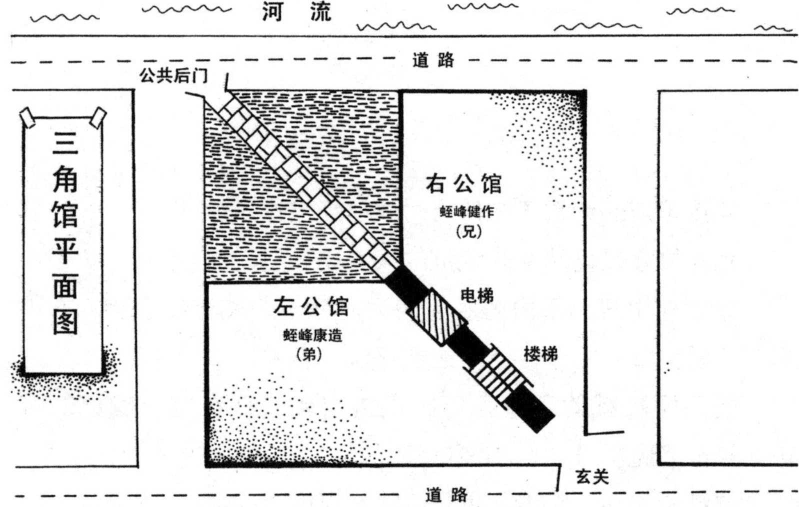

如图所示，这栋建筑虽被分成两半，可从结构上还是连在一起的。

建筑中间部位有玄关、大厅和宽敞的楼梯，可分界线砖墙的崛起，把上代业主匠心独运的大楼梯分隔成两个狭窄的小楼梯，实在是可惜至极。

楼梯的背后是电梯。由于电梯怎么也无法分隔，便把出入口改在电梯房和电梯井一至五楼的左右两侧，使之成为两家共同使用的公用电梯。

与建筑相比，院子显得小了一些。院子中间没有砌厚厚的砖墙，而是用铺设的石子路代替分界线，左右两侧院子的面积相等。石子路末端是左右两住宅共同使用的公用后门。

像这样分割后难以言喻的奇妙建筑，被附近人们称为三角住宅地或三角馆。

三角馆别墅里居住着一对孪生兄弟。该建筑是他们父母亲建造的。

哥哥蛭峰健作和弟弟蛭峰康造都已经是年过七十的古稀之人。

今天，律师森川五郎是应哥哥蛭蜂健作的邀请登门拜访。他把仰望的视线收回到脚下，随即加快了脚步。于是，靴底下又传出踩雪的响声。

就在这时，他的脑袋顶上猛地飞过一阵比风还要响的声音。

森川五郎赶紧抬起头来观察。

左侧河里发出沉闷的响声，是一个长方形的东西掉到了河里。

瘦长形状的厚牛皮纸包，长约三十厘米，宽约二十厘米，被一根绳索捆得紧紧的。

森川五郎瞪大眼睛打量周围，除右边是蛭峰兄弟俩居住的三角馆围墙外，其他地方空荡荡的，连一个人影也没有见着。

牛皮纸包孤零零地在水面上漫无目标地漂浮了好一会儿，接着像被吸入旋涡那样渐渐朝水底方向下沉。

肯定是住在三角馆里的人把牛皮纸包扔到河里的！

森川五郎一直待到牛皮纸包被水淹没后才迈开脚步继续走。

片刻后，他沿石台阶走到最上面的第三段青石板上，站在三角馆玄关门口。

推开大门，门内侧是两家共同使用的公用换鞋处，正面排列着两个出入口。右侧出入口的门上挂有“蛭峰健作”的姓名牌，左侧出入口的门上挂有“蛭峰康造”的姓名牌。

森川五郎伸长右手按响了安装在右侧门框上的门铃。

门开了，一位年轻的女用人出来迎接，引导森川五郎来到光线暗淡但很宽敞的大厅深处的右边房间里。

这房间是客厅，纯西洋风格的摆设和装饰。

客厅的面积非常宽敞，天花板高得十分罕见。由于下面有地下室，地面也比一般建筑要高出许多。墙很厚实，室外响声根本传不进来。

外表富丽堂皇的壁炉里燃烧着煤气，传出一阵阵的响声，朝外输送暖气。可房间太大，温度难以上升，加上光线不是很亮，森川五郎还是觉得冷飕飕的。

天花板上悬挂着大型水晶吊灯，长方形大桌子古色古香，高高的靠背椅表面有工艺雕刻，有一方墙上嵌有硕大的镜子。

无论观察房间的哪一个部位，总觉得过时、古老，仿佛走进一家很少有顾客光顾的博物馆里。

“光线太暗了，你去把灯打开！”

突然，不知从哪里传来年轻女人的声音，紧接着周围突然亮堂起来。

森川五郎律师的对面是一面大镜子，清楚地反射出来自隔壁房间的灯光。他转过脸去，发现客厅与隔壁房间之间是一条拱形走廊，挂在那里的丝绒分隔帘中间的交会处有五十厘米的间隙。亮如白昼的隔壁房间，透过间隙清晰地映照在客厅的大镜子里。

大镜子里还清楚地映照出一个年轻女人脸的侧面，正坐在椅子上。这时，去开灯的男子返回到女人的身边。

年轻女人从袋里取出烟盒，掏出一支烟夹在嘴唇中间。男子见状连忙取过桌上的火柴，擦着后给年轻女子点烟。

淡蓝色烟雾从年轻女子嘴里涌出，朝悬挂在天花板上的大吊灯扑去。看他俩的举止，似乎根本没有察觉隔壁客厅里有外来客人。

年轻女子改变了姿势，于是从镜子里可以清楚地看见她脸的正面。

啊！简直像从天上下凡的仙女！森川五郎情不自禁地赞叹。

女子年龄在二十四岁左右，相貌可谓百里挑一。身着十分耀眼的绿色外套，嘴上抹着光泽四溢的唇膏，眼睛和脸颊部位的化妆算得上精工细作。可以想象，年轻女子非常喜好化妆打扮。

站在她身旁的男子像虾米一样弯着腰，献殷勤地说：“你年轻漂亮，真让人羡慕！”

“真是那么回事吗？可我怎么从来就没有这种愉快的感受。居住在这么陈旧的房子里，过着酷似古时候的夫人生活，整天被家中琐事缠得脱不开身，唉……”

“是啊，这别墅里是一个纯粹的古老世界。”

“是的！太沉闷了！快带我去有趣的地方！费用我出。”

“嗯……”

这时，用人从门口走进客厅喊森川五郎。

“对不起，主人要见您，请跟我来。”

正专心致志听着隔壁房间对话而感到恍惚的森川五郎，猛听见女用人朝着他说话的声音，仿佛从梦中惊醒似的脱口答道，声音响得出奇：“哦，是吗？”

映照在镜子里的年轻男女闻声吃了一惊，猛地转过脸朝这边张望。

男子径直走入客厅。

“我不知道有客人来。”

男子责备似的盯着森川五郎。

“对不起，让你受惊了！”森川五郎抱歉地说。

“不，没什么。客厅里光线暗，又太大。”

“大概夫人也受惊了吧？实在对不起。”

不知何故，男子听森川五郎这么一说好像慌了神儿，踌躇不安地嚅动起嘴巴。

这时，从出乎意料的方向传来低沉的声音。

森川五郎循声望去，原来是右三角馆户主蛭峰健作的长子蛭峰健一，以前好像在什么会上见过两三面。

“丈二，你不知道怎么向客人介绍吗？”

蛭峰健一的外表看上去四十多岁，瘦高个儿，长相像欧洲人，身穿俄罗斯式黑色上装。

“你好，是森川律师吧？我太冒昧了！喂，丈二，这位是律师森川五郎先生！森川先生，他是我弟弟，叫丈二，还有，她叫鸠野桂子。”

“咦，她不是你的夫人？……这，我太失礼了！”

“嗯，鸠野桂子是隔壁蛭峰家的女儿，她丈夫叫鸠野芳夫！”

蛭峰健一这么解释后，嘴唇弯曲成奇怪的形状，脸上表情皮笑肉不笑的。

真不可思议！看来这两家情况很复杂。

森川五郎边思考边站起身，跟着女用人走出客厅。

诉说衷肠

“您……您知道开电梯的方法吗？”

女用人把他带到小型公用电梯前面问道。

“嗯，大概摁一下‘3’就可以自动上到三楼了吧？是自动电梯吗？”

“是，是的。电梯停在三楼后，请记住要从这个门出去。如果从对面的门出去，是去隔壁住宅的……”

也就是说，从电梯里的这边门出去，是去蛭峰健作家。相反从对面门出去，是去蛭峰康造家。

森川五郎用手摁了一下字数“3”，电梯便静悄悄地向上升起，眨眼工夫停了。门自动开启后，一个早在门口等候的女用人引导他去蛭峰健作房间。

那是装饰得十分精致的房间，色彩和摆设令人心旷神怡，烧炭暖炉里的火烧得很旺，整个房间像暖融融的春天。

蛭峰健作背对着窗子，靠坐在沙发上。

他身穿宽大的长袍，从膝盖到胸部裹着一条厚厚的毛毯。

老人的脑袋上长满了厚而密的银发，粗粗的眉毛下边双眼炯炯有神，目光锐利。修得非常漂亮的胡子，均匀地排列在挺拔的鼻梁下。高个儿，宽肩膀，粗看不像古稀老人。

可走到跟前细看，老人鬓角凹陷，面庞消瘦，静脉血管鼓起，脸色灰暗得没有光泽。

“你好，森川君，欢迎光临寒舍。就像你看到的这样，我身体很差，只能坐着跟你打招呼，实在对不起。”

蛭峰健作挺费力地说完这些话，边喘着气边颤抖着用右手取过桌上的小杯子湿润自己的嘴唇。

“其实，隔壁的蛭峰康造再过半个小时要来我这里。在他来之前，我想先说一下问题实质。说得简短一点儿，即我和隔壁的蛭峰康造之间要商定一件大事，但不可没有公证人，还必须是和任何一边不沾亲、不带故的公证人。只有达到这些条件，才够格当我和他的公证人。否则，很难办。我大儿子知道你的大名，告诉了我。于是，我想请你当我们的中间人。”

蛭峰健作气喘吁吁地继续说：

“我和隔壁的蛭峰康造是一对孪生兄弟，可我俩在刚出生时就被扔在了街头，所以根本就不知道亲生父母亲究竟是谁。幸亏好心的养父蛭峰老人收养了我们，把我们从襁褓婴儿抚育长大成人。养父尽管有一个我们称为哥哥的亲儿子，但养父待我们胜过自己的亲生儿子。

“可我们的哥哥，也就是养父的亲生儿子，因病早早离开了人世。养父生前家财万贯，是有名的富豪，但他原来是捡破烂的乞丐，为积攒钱财改变穷苦面貌，吃苦耐劳，不分昼夜地工作。

“也许是积劳成疾的缘故，本来十分健壮的养父身体状况一落千丈，晚年生活是在病床上度过的。年轻时，他曾一直说自己可以活到一百二十岁。可能因为这么说过而深感遗憾的缘故，他决心在孩子们身上实现他长寿的愿望。

“亲生儿子生病后，养父决定让我们作为他的继承人，一定要让我们长寿。他尽管自己病魔缠身，但脑子里始终想着我们，临终留下一封常人难以想象的遗书。遗书内容大致是这样的：按照法律规定将全部财产传给长子，但长子不拥有继承权而仅仅拥有暂时管理权，最终由长子转传给两个养子。

“而哥哥呢，按照父亲的遗嘱于生前又写了一封正式遗书。其大致内容是：孪生兄弟中谁的寿命长，谁就是蛭峰家的正式继承人，届时才能继承父亲的全部财产。在正式继承人没有确定前，所有财产由某信托银行代管。该财产的利息、分红以及土地房屋出租的租金，由我们孪生兄弟俩各得一半，充作生活费。但关于财产的继承权，我们兄弟俩不能问津。只有在我俩中间谁先去世的时候，活着的那个才能继承财产。

“去世的哥哥，生前不折不扣地执行了父亲的遗嘱。养父活着的时候，单身汉的哥哥已经是卧床养病的病人，加之无妻室无子女，更比父亲知道健康对财产继承人的重要性，二话没说便赞同了父亲的意见。

“哥哥是在明治时代最后一年病逝的，所有财产委托某信托银行代管，也就是现在的八千代信托银行。

“当时我们还没到二十岁，兄弟俩半正经半闹着玩似的展开了长寿比赛。其实，就是得不到养父财产的继承权，光靠币值不断上升和财产收入，生活就已经过得十二分富裕了，吃喝根本不愁。”

蛭峰健作说到这里，伸出颤抖的手按响桌上的呼叫铃。

见女用人推开门进来，他使劲儿地用眼神示意桌上的杯子。女用人领会了意图，马上走到房间角落将放在那里的药倒入杯中端到他的嘴边。

“听好了哟！隔壁的蛭峰康造如果来了，你让他在外边等候，我会通知他什么时候进来的。”

蛭峰健作喝完药长长地吸了一口气，再三叮嘱女用人后让她离开了。

“森川君，不知怎么的，哥哥死后五六年里，我们兄弟关系竟变得不正常起来，我们把全部心思放在身体保养上，还把自己弱的一面隐蔽起来不让对方察觉。我们把好端端的住宅分成两半，就是这个原因。从那时开始，兄弟间的手足情不翼而飞了。

“弟弟蛭峰康造对所有事情都很消极，唯独对养生之道情有独钟，制定了一套独特的健康养生法。他对每天的饮食特别注意，不喝酒，不抽烟，对室内温度也很关注，还有，绝不让感情左右自己。这就是他的养生法。

“我年轻时喜欢运动，登山啦，游泳啦，可我离不开烟和酒，加上脾气粗暴。现在看来，这种生活方式果然不行。兄弟间的长寿竞争，我不得不承认失败。

“但这情况，我对弟弟是绝对保密的。最近医生说我活不了多久，顶多十天半个月。可我有两个儿子，而弟弟没有亲生子女，是从死去的妻子亲戚那里收养了一儿一女。

“长时间的摩擦，使我们这对年轻时形影不离的兄弟俩，变成了今天势不两立的仇人。弟弟不光对我，连对我的两个儿子也没有好感。这不得不让我想到自己死后，两个儿子会被置于何种尴尬的生活处境。

“等到自己死亡的那天，所有财产都将归属弟弟，我的两个儿子不仅什么都得不到，还将被驱逐出这幢住宅。这不行！我必须在生前和弟弟商定永远不能改变的协议。

“说心里话，低头求他是我最不愿意做的。可医生说我的心脏跳不了多长时间了，必须尽快商定。当然，这情况绝对不能对弟弟透露半点儿风声。眼下让我心急如焚的是，我死后不能让两个儿子成为沿街乞讨的乞丐。为此，我决心与他恢复以往的同胞手足情。”

蛭峰健作老人说完，疲劳地闭上眼睛靠在沙发上休息。

“对不起，我想问一下，财产总金额是多少？”

“哥哥死的那年是明治时代末年，按当时价格计算是一百五十万日元。那以后的三十年里不停地增值，就在战争快要爆发的时候升值到四百万日元左右。

“按现在的币值计算，总金额已达十多个亿。尽管战争的原因毁了许多不动产，可剩下的那部分在战争结束后一路升值，还是一笔金额相当可观的资产。”

他一说到这里，闭上嘴又靠在沙发上休息。他这样做，是觉得自己必须在弟弟蛭峰康造进来之前积蓄体力，哪怕一点点儿也好。

这时，女用人推门进来，报告说蛭峰康造来了。

不欢而散

蜂峰健作一听说弟弟来了，猛地挺直腰杆命令说：

“快，快把身上这条毛毯拿掉藏起来！药瓶和杯子也……还有，把我扶起来！不能让他看到我这般弱不禁风的样子！森川君，请你帮忙把我扶起来！”

蜂峰健作靠在森川五郎和女用人的身上，费好长时间才从沙发上站起。

“快松手！我要靠自己的力量站着。好……这样行了，去通知他进来！”

正面那扇房门开了，蜂峰康造老人进来了。

“哟，哟，是康造弟弟吧？欢迎，欢迎。”

蜂峰健作的说话声音里充满了活力和愉快。

蜂峰健作和蜂峰康造两个人外貌根本不像，丝毫看不出是一对孪生兄弟。

弟弟蛭峰康造长得很瘦，光秃秃的脑袋，仅后脑勺上剩有一点儿灰色头发。虽身体不胖，但脸有光泽。眉毛颜色很淡，目光似乎来自眼睛深处。脸中间的鹰钩鼻子上，似乎没挂一丝肉。由于没留胡子，鼻子下面显得有点儿呆板，但薄薄的嘴唇却勾勒出奇妙的笑容。

他十分谨慎，步子很慢，眼睛不停地打量房间里的情况。

兄弟俩相互说完客套话后，哥哥蛭峰健作似乎等不及了，又靠在沙发上。

“健作哥哥，你身体不舒服吧？”

“没什么，只是有一点儿感冒，没什么大不了的。”

“你还是不太注意自己的身体，瞧你这模样，情况不是很好吧？”

“这你就别操心了！今天我请森川君来这里，是想彻底解决我俩之间悬而未决的问题。”

“什么？我俩之间有什么问题？”

“你不是也知道吗？即便是哥哥，是的，即便是父亲那封遗书，距今应该说也已经过去四十多个年头了。近来，我越来越深感它的重要性。也正由于它的原因，我们不知道吃了多少苦，兄弟俩原来的友好关系也……”

“哦，是那件事情……可那遗书里有父亲和哥哥的两重遗愿。即便现在，我也想不出什么好办法。”

“不，只要你下决心，我俩携起手来就能想出好办法。无疑，父亲和哥哥也绝对没有想到是这样的结果。父亲和哥哥生前都同样宠爱我俩，就他俩真正的遗愿来说，绝不希望你我之间有谁不幸。”

“直到现在才说这样的话……你说该怎么办？我问你，你当时为什么不说……听你今天这么说话的语气，是不是被什么情况逼得走投无路了？”

“康造，希望你回忆一下我俩过去的情况！其实，我们俩是一对相处得非常和睦的亲兄弟。穿着相同，玩具相同，一起玩游戏，可现在变得这般陌生。你也好，我也罢，无论谁死在前面，可死者留下的孩子将变成乞丐。像这样的情况，你觉得不会发生吗？”

“健作，这话以后再说！患病时像这样过于兴奋是最不好的。今天就说到这儿吧，等到你身体恢复后再谈！”

“不，我这不是好好的吗？好不容易把森川君请到这里，我希望现在就做决定。我们长时间不友好，可我今天请你把它忘了！你以为你比我长寿就说那种风凉话！可我告诉你，关于谁先死谁后死的问题，任何人是不能打包票的，说不定你死在我前面呢。如果这样，你宠爱的两个孩子不就从那天开始变成要饭的乞丐了吗！我请你好好想象一下那种恶果，康造。”

蛭峰康造一声不吭地思考了大约一分钟后，终于开口说话了：“哼，那请说说你到底是什么打算？”

“嗯，我是这样的打算。不管谁先去世，死者的孩子们应该与我们中间活着的一个平分财产。这样做，我们的子孙就也能感受到父亲和哥哥的恩情……森川君，如果这样做，在法律上需要办理什么样的手续？”

蛭峰健作说完询问森川律师。

“这情况嘛，你俩只要把刚才的内容写在一份共同的遗嘱里就行了。要说最完备的手续，最好是签订一式三份的协议，你俩和律师我各留一份。”

“原来是这么回事！那再好不过了。康造，怎么样？这不就是最佳方案吗？”

“对不起，我不能马上决定！总之，这事不能草率。我不管做什么，都要在深思熟虑后决定。对不起，请让我慢慢思考一下。”

他说完看了一眼手表。

“哟，没时间了！现在正巧是我喝养生药的时间，对不起，今天就谈到这里为止。总之，这事以后再商量吧！”

“康造，我的想法不会改变。我今天就请森川律师写协议书，盖上我的印章后，也请你盖章。”

“你还是那么性急！那就随你的便吧，可我是我。森川君，失陪了！”

蛭峰康造说完很快消失在门外走廊上。蛭峰健作仰面倒在沙发上，喃喃自语：“森川君，快……快喊女用人来……”

他的病发作了。

女用人跑来赶紧把药灌入老人嘴里。过了一会儿，他又恢复了元气。

“森川君，请你赶快书写刚才说的协议！至于财产内容，我只要通过八千代信托银行就可以了解到……请快抓紧写！今天晚上能写好吗？”

蛭峰健作说完这些又闭上眼睛，整个身体又陷在沙发里。

黑暗相遇

森川律师与蛭峰健作交谈完毕回去后，接着走进蛭峰健作房间的，是穴山弓子。

她是蛭峰健作死去妻子的妹妹，今年五十八岁。二十年前，她丈夫死后便搬到蛭峰健作家居住，承担着看护两个外甥的责任和所有家务。

“怎么啦？隔壁的蛭峰康造同意了吗？”

穴山弓子的个头很矮，微胖，身上的和服穿得整整齐齐，花白的头发往后梳，微黄的脸上没有任何表情。她的脸上皱纹很少，眼睛虽不大，但目光锐利。

蛭峰健作无精打采地靠在沙发上，摇晃着脑袋。

“哼，反正还是那么回事吧！他是怎么说的？”

“他说要考虑一下，不能马上回答，说完就走了。”

“他得考虑一下，最快也要一个月才有答复。”

“是啊，他已经看出我在生病，设法推迟回答时间。看来，他已经估计到我会死在他前头了。”

“健作君，我讨厌你说那么软弱的话。你要真那样，健一和丈二怎么办？”

“我就是为这事犯愁呢。他俩要是再稍稍懂点儿道理，我就不需要这么担心了。他俩不知道什么叫生活，也不知道靠自身能力通过劳动养活自己，整天游手好闲的。看来，我们的教育方法有问题啊！”

“那怎么可能！他俩长得端端正正的，不管去哪里都是绅士派头，做长辈的根本就没有什么难为情的地方。”

“你说得不合实际！谁说他俩行？就知道花钱。”

“嗯，可隔壁那家子女也差不多。我们两个蛭峰家里，要说像样的，就只有桂子丈夫鸠野芳夫。他倒是一块好材料，依靠自己能力生活，还经营了一家公司。我家两个孩子中间，要是有一个像他那样……”

蛭峰健作点点头。

鸠野芳夫经营着一家证券公司，具有靠自己生活的能力。

穴山弓子脸上涨得通红，突然觉得自己非常丢脸。鸠野芳夫既百般宠爱妻子又具有经营企业的能力，而健一和丈二却连养活自己的能力都没有，根本就无法与深受好评的鸠野芳夫相提并论。视健一和丈二为亲生儿子宠爱的是自己，教育他俩的也是自己，可长大了这么不争气，自己负有不可推卸的责任。

“健作君，他俩好像不是你的孩子，你怎么一点儿也不喜欢他俩。”

“别说傻话！我要真像你说的那样，还用得着这么为他们操心吗？我对自己的死并不感到痛苦，只是放心不下他俩。”

晶莹的泪水在蛭峰健作的眼眶里直打转。

“明白了！我很明白你此刻的心情。”穴山弓子似乎也伤心起来，使劲儿摁着眼角。

就在这时门开了，蛭峰健一和蛭峰丈二进来了。他俩并没有听到什么，但对于康造叔叔和森川五郎律师的到来察觉到了大致情况。

“爸爸，你现在的心情怎么样？”兄弟俩不无担心地望着老人的脸问道。

蛭峰健一依然身穿黑色的俄罗斯式上装，显现出嘲笑的神情。弟弟蛭峰丈二与哥哥相反，身着笔挺而合身的西装，面庞英俊，特别是那对眼睛很迷人。蛭峰健一今年三十六岁，蛭峰丈二今年三十二岁，都还是单身。

他俩的目光，使得蛭峰健作顿感头昏目眩：“你俩脸上这副模样好像在责备我吧？我不是因嗜好什么而得病的。”

“这我们清楚。父亲，我们兄弟俩怎么会责怪您患病呢！现在重要的是，不管发生什么，请您一定要顽强地活下去！否则，我们真不知道往后该怎么办了。虽说隔壁的康造叔叔大概不会饿死我们，可我们讨厌像乞丐那样卑躬屈膝地向他要钱。”

蛭峰丈二尽管嘴上说不责怪父亲，可这番话却触到了父亲的痛处。

蛭峰健一默默地挽着胳膊，鼓弄着嘴唇，嘲笑般地比较他俩的表情。

“正因如此，我才喊来蛭峰康造跟他商量，我跟他俩之间不管谁先死，死者的子女都应该获得一半财产的继承权。”

“叔叔大概同意了吧？”蛭峰健一笑嘻嘻地问。

“嗯，他说让他考虑一下，按理说，他不会同意。可即便那样，我还是要与他商量。眼下只有等待奇迹出现，希望我的身体状况好转，超过他的寿命！”

蛭峰健一说了这么一句，马上又是面如土色，整个身体仰靠在沙发上。

兄弟俩与穴山弓子一直站在那里，谁都没有出声。

穴山弓子的眼睛尽管线一般细，可目光锐利得似乎能洞穿人的心底。蛭峰健一的脸上布满了嘲笑人的表情，而蛭峰丈二则是满脸困惑。他们围在老人身边伫立着。片刻，蛭峰健一踮起脚尖悄悄地离开了，一走到门口便快步来到走廊上。接着，蛭峰丈二很不情愿地也离开了。

已经傍晚了，即便大白天也显得光线暗淡的走廊上，此刻漆黑一片。

“哥哥，没指望了吧？”蛭峰丈二追上哥哥轻声问道。

“爸爸只是说等待出现奇迹。奇迹也许出现，也许不会出现。人世间的千变万化，我说不上来。”

“哥哥还是过去那模样，一点儿也不着急。”

“比起你，我担心的要多许多。隔壁家那个桂子不是老跟着你吗？她可是一个有钱人哟！怎么？你也会有伤脑筋的事……”

“喂，你别说那样刻薄的话……”

“怎么，我没说错吧？你迎合她、取悦她，挑逗说带她去有趣的地方。然后呢，让她死乞白赖地求你。不是这样吗？就说今后，你只要一直使用这种办法，在钱方面丝毫不会有什么难处。”

“可隔壁那个吝啬的叔叔会给她那么多钱吗？桂子的钱嘛，还不都她丈夫给的！鸠野芳夫宠爱妻子桂子，你可要小心从事哟！如果一头栽在男女情感纠葛的世界里，稀里糊涂地带别人妻子出去玩，一旦让她的丈夫芳夫君知道，那可就大祸临头了……”

“没关系！桂子不是我的堂妹吗？堂兄妹之间说得来，或者说从堂妹手里要钱，有什么不可以的！”蛭峰丈二这么说完，走上楼梯回二楼房间去了。

三个小时后，蛭峰丈二站在镜前一会儿梳理头发一会儿矫正领带，不时地调整自己的穿戴。

须臾，他满意地朝着镜子点点头，离开房间朝二楼电梯跟前走去。

他去隔壁住宅是为了拜访鸠野桂子。以往去那里，他从不特地绕远路。

电梯到达一楼后，只需打开电梯房里相对侧的门就可。因为，电梯门外便是隔壁住宅的廊道厅。

蛭峰丈二推开电梯门，见隔壁住宅里没有一点儿光，暗得伸手不见五指。他一进入廊厅便打算摁开关，可这时猛地掠过逃跑的念头。因为，他的手触摸到柔软的东西。

“不必逃跑，是我！”是蛭峰健一的声音。

“是哥哥吗？你别吓唬人！为什么要把这里弄得漆黑一片？”

“我已经习惯黑暗，没有灯光照样走路。”

“你去爸爸那里了？”

“是的。”

“爸爸情况怎么样……”

“情况不好。怎么，你又去隔壁？别惊动芳夫君！还有，你要观察叔叔的心情，尤其要注意叔叔会在什么情况下才同意父亲提出的建议。你一旦看到那种苗头，就是夜里也要去父亲那里报告。”

“好的。可是，父亲的情况真那么不好吗？”

蛭峰健一没有回答，而是从口袋里取出火柴点亮。黑暗里，红红的火光一闪一闪地照在两个人的脸上，可怕极了。他紧盯着燃烧的火光，猛地把它吹灭了。

“这样的情况……”他只说了这么几个字，沿着走廊朝前走去。

枪声响起

那天晚上八点左右，弟弟蛭峰康造家的晚饭吃得很迟。

一楼宽敞的大餐厅里的餐桌周围，坐着康造老人、蛭峰良助、鸠野桂子及其丈夫鸠野芳夫。女用人从地下室厨房端来各种菜肴，猿田管家有条不紊地把菜肴摆放到他们前面。

主人蛭峰康造老人坐在大餐厅正中的座位上，背朝着壁炉，其右侧桌前坐着蛭峰良助，左侧桌前坐着鸠野芳夫和鸠野桂子。

康造老人的正面有三个出入口，一个朝着地下室厨房，一个朝着中央走廊，还有一个朝着拱形走廊。沿着这条拱形走廊朝前走可以来到大客厅，而唯独这条走廊与大餐厅之间没有门，而是用厚绒门帘代替。

蛭峰康造像女人那样胸前围一条大餐巾，目不斜视，小心翼翼，细嚼慢咽。他吃的菜与众不同，是特别制作的。对他而言，饭菜是最重要的。

对于漂亮妻子鸠野桂子，鸠野芳夫还是像平时那样唯唯诺诺。夫人笑容满面，他就高兴。夫人冷着脸，他就惊慌失措。

蛭峰良助笑嘻嘻地望着这对夫妻，不时地嘲讽他们几句。

晚餐结束的时候，隔壁住宅的蛭峰丈二走进餐厅。

鸠野桂子立刻命令猿田管家端上玻璃杯和菜肴，取过丈夫身旁的洋酒亲自为堂兄斟酒。

这么一来，鸠野芳夫变得孤独起来。鸠野桂子也不朝丈夫看一眼，只顾与堂兄蛭峰丈二说话。鸠野芳夫被冷落在一边，一声不吭地坐着。

蛭峰康造老人仔细地吃完晚餐，脸朝着坐在旁边的鸠野芳夫说：“芳夫，我有话对你说……就我们俩。”

蛭峰良助以及鸠野夫妇都知道，父亲今天去过隔壁蛭峰健作伯父家。他们对于两位老人之间的谈话进行了大概的想象。

“哼！居然把我抛在一边！”

蛭峰良助心里不服，养父竟然不选择自己，而选择与这家就那么点儿缘份的鸠野芳夫。

他气愤地走了，鸠野桂子也跟着站起来，牵着堂兄蛭峰丈二的手走出餐厅。

猿田管家和女用人则开始收拾餐桌上的碗筷和吃剩的东西。

“哎，别收拾了！你俩快出去！”蛭峰康造吩咐老管家猿田和女用人离开后，让鸠野芳夫坐到自己身边说了起来。

“芳夫，我和隔壁老人之间出现了点儿棘手的问题。我考虑了许多，基本上也下了决心。我跟良助和桂子说不到一块儿，打算先跟你说说我的想法。比起他们，我最相信你……我今天去过隔壁，发现哥哥病得很重，可表面上装出健康的模样。就我的观察来说，他在人世间的日子不长了。”

鸠野芳夫不停地点头，似乎从心底里感激岳父对自己的信任。

“我和隔壁的哥哥是一对孪生兄弟，年轻时形影不离，感情很好。因此，我十分同情正在患病的他。但眼下最麻烦的，不是他何时康复，而是财产问题。他万一归天，全部财产将变成我的，他的两个儿子当然也就一无所有了。隔壁老人最担心的就是他两个儿子往后的日子怎么过，就是因为这开始恨起我来。”

“可这是爷爷和大伯父生前决定的事情，就岳父和隔壁伯父的身体现状来说，是明摆着的，按理您不应该遭到隔壁伯父的嫉恨呀！”鸠野芳夫感到不解。

“但隔壁老人说，长寿的应该把财产分一半给先去世一方的后代，要我跟他签订一份这样的保证协议……我注重钱，因此感到责任重大。养父和死去的哥哥用汗水积累的财富留给了我们，就是一块钱也不能乱花。

“珍惜他们留下的财产，使这些财产增值是我们做后代的责任和义务。可隔壁老人这样做，只是让他那两个儿子把这么珍贵的财产挥霍一空。无论多少钱给他那两个儿子，他们都会无计划地挥金如土。我家里的良助虽说也没有什么出息，可还知道钱的价值，还有使财产增值的欲望。

“而健一和丈二只知道花钱。性急的隔壁老人，今天居然把律师也请来了，还让他书写协议。具体内容是，活着的一方，在继承财产时应该分一半给去世一方的子女。而且，他已经在那份协议书上盖章了。”

“那，爸爸您是怎么回答的？”

“我说让我考虑一下，就回来了。可我绝对不会同意他的要求！因为，这是养父和哥哥生前的决定！”

“爸爸您完全在理。虽说蛭峰健一和蛭峰丈二值得同情，可……”

“照这么说，你和我是持相同观点的。那我就放心了！不用说，我得答复隔壁老人提出的要求，但想请你向健一和丈二传达我的想法，希望他俩别误解。”

“明白了。虽说向他们解释是得罪人的事情，可我觉得爸爸您的想法是正确的。我试试吧！您委托我的事情就这些？”

“还有一件我根本不愿提的无聊事，想顺便跟你说说，请帮我想一个好主意。”蛭峰康造老人说到这里笑了，表情十分尴尬。

“其实呀，是家里出了内贼。我那个手提保险箱里的钱在减少，发生这种情况已经不是一回两回了。昨天，我在保险箱里明明放进去三万两千六百日元，可刚才查过了，少了一千三百日元，也就是说少一张一千日元和三张一百日元。”

“偷钱的人一定在想，从一叠纸币里抽掉几张，爸爸是不会发现的。”

“嗯，好像是那样的动机。可即便少了一张一百日元的纸币，也不会逃过我的眼睛。”

“那保险箱好像是放在爸爸您房间里的吧？”

“是的，放在我房间大橱门那里的。”

“保险箱有锁吗？”

“有锁，而且也锁上了。但那把锁太简单，也许用其他钥匙也能打开。”

“把保险箱拿到这里来吧！”

“你去把它拿来，在大橱里哟！”

鸠野芳夫出去了，宽敞的大厅里就剩下蛭峰康造一个人。他好像想到了什么，非常愉快，脸上露出微笑。

少顷，通向走廊的门开了，猿田管家的脸出现了，当察觉老人旁边座位上少了鸠野芳夫时，不可思议地问道：“芳夫君去哪里了？”

“他去我房间了，马上就回来。”

猿田管家立刻转身走了。这时，鸠野芳夫抱着岳父的手提保险箱进来了。当他把抱在怀里的保险箱刚放到蛭峰康造面前的桌上时，猿田管家似乎就等着这一刻，又出现在门口。

“芳夫君，有客人来访。”

“什么？我的客人？他是谁？”

“他说你知道……”

“那，他还在吗？”

“是的……”

“爸爸，我去一下就来。”

鸠野芳夫掀起厚丝绒门帘走进客厅，又马上返回餐厅，脸上的表情怪怪的。

“怎么没人呐？客厅和玄关内侧的廊厅里都没有。”

他走到出入口掀开客厅门帘让管家和岳父看。

“我确实把客人请到客厅里的……”

“猿田，你今天晚上到底怎么啦？我正在跟他说话，你这样做不是给我添麻烦吗？”蛭峰康造生气地责备猿田管家。

“猿田管家大概看见幽灵了吧？客厅里分明是空荡荡的！”

“嘿，真傻！猿田，你要是真把客人请到客厅里，不可能没人。这么晚了，要是歹徒潜入家里藏起来，那可就伤脑筋了！好了，你快把那人赶走！”

“是，我明白了！”猿田管家离开餐厅。

“芳夫，听好了，继续我们刚才说的话题。你瞧！就是这样，用其他钥匙也能打开这个保险箱。”

蛭峰康造老人从衣袋里掏出一串钥匙，从中取出三把一个接一个地试着开保险箱上的锁给鸠野芳夫看。

“瞧，这把钥匙的形状很像，可它不是保险箱的钥匙。因此，内贼用其他钥匙打开了锁。肯定是这样的。”

“那上面应该有指纹吧？”

“没有，再说我不会漏掉这一点。每一次少钱的时候，我就用显微镜，可看到的都是我的指纹。那家伙开锁多半是戴手套的。”

“被盗走的金额累计有多少？”

“八千六百日元！两个月里共六次。”

“如果小偷想在家里偷钱，按理可以不费吹灰之力地一次性盗走十万日元或者二十万日元。可就偷那么点儿，看来是个非常胆小的家伙。就说我的钱包吧，一直放有十万日元左右，可是……”

“被盗的钱多或少是另一回事，必须把这小偷抓住。你有办法吗？”

“放在保险箱里的钱，都做上记号怎么样？”

“什么？记号？”

“是的，在纸币角落里写上记号，那记号必须是粗看不会发现的。用铅笔写容易被擦掉，用圆珠笔……那样的话，持有这带记号纸币的人就是小偷。”

“哦，原来是这样的主意。好，马上写记号吧！虽然钱不多，但一放在里面就成了给小偷的奖金。”

蛭峰康造说到这里突然顿住了，竖起耳朵。

“客厅里有人！”

“您大概是心理作用的缘故吧？可能是电梯的声音。”

鸠野芳夫懒得站起来检查客厅，没有在行动上有所表示。

其实，猿田管家刚刚没有撒谎，确实有奇怪的客人来访，而不是什么幽灵。

那天夜里十点半左右，蛭峰康造居住的三角馆里传出沉闷的枪声。事发现场是一楼大餐厅。

住在二楼的养子蛭峰良助第一个跑到大餐厅里。

他到达现场的时候，枪响还不到一分钟。他猛地推开房门冲进餐厅，看见无力地趴在桌上的父亲，他愣了一下立刻跑到父亲跟前。

当他抱起父亲的时候，蛭峰康造老人似乎已经断气了，西装背心眼看被鲜血染红。蛭峰良助瞪眼注视站在养父身边发愣的鸠野芳夫。

鸠野芳夫没有说话，眼神似乎注视着遥远的地方。

“喂，你为什么不说话？你为什么杀父亲？”

不管蛭峰良助怎么大声喝问，鸠野芳夫就像没听见似的，瞠目结舌的模样。

宽敞的餐厅，加之昏暗灯光照在蛭峰康造老人苍白的脸上，房间里蒙上了恐怖的气氛。

突然，鸠野芳夫举起一直垂着的双手，像翅膀那样不停地来回挥动着，嘴里大声喊叫，与平时的声音截然不同。

“是那一边，那一边！快、快、快……”

蛭峰良助脸色骤变，刹那间迟疑起来。稍后一瞬间，他不顾一切地朝鸠野芳夫手指的客厅那里跑去。

掀开门帘，发现客厅里的那盏大水晶吊灯已经熄灭，唯独墙角那里的台灯亮着朦朦胧胧的灯光。

蛭峰良助朝客厅走了两三步，不由得“啊”地轻轻叫出了声。

桌子后面，躺着一个身穿黑西服的人，两条腿先映入他的眼帘。

可是，那两条腿一动不动。

他终于镇静下来，战战兢兢地走到跟前，使他深感意外的是，那人居然是老管家猿田。

管家是趴着躺在地上的，嘴里痛苦地呻吟着。

“喂，你是猿田管家吧？到底发生什么事啦？”他抱起管家。瞧那张脸已经变成紫色，五官肿得变了形，白色的唾沫顺着张开的嘴直往外涌。

先喊医生，再喊警察。

他把猿田管家放到地上，跑到客厅角落里的电话机旁。

侦探登场

律师森川五郎回到家没多久，又风尘仆仆地去银座一家名为“雄鸡亭”的高级餐厅赴宴。几天前，他与一位好友约定今晚共进晚餐。

这位好友就是日本第一大侦探——明智小五郎。他俩从中学开始就是一对亲密的好朋友，两个人总是每月一次在饭店里见面，边用餐边叙旧。

由于双方都担负着特殊的工作，彼此也都深信对方会为自己工作上的秘密守口如瓶。所以有时候，他们互把对方视为商量主意的人，公开自己在工作上遇到的困难或者棘手的问题。

那天晚上，森川律师就自己拜访蛭峰家的一些不可思议的感觉，向明智小五郎说了大概。

明智小五郎同往常一样，不时地点头，很少插话，仿佛已经从森川律师简明扼要的叙述里悟出了什么。

两个人吃完晚餐各自回到住宅。大约一个半小时后，律师森川五郎家电话刺耳的铃声响起。

他拿起听筒，传来一个半小时前分手的明智小五郎的声音。

“森川君，你告诉我的那个蛭峰家，刚才发生了凶杀案，一个叫蛭峰康造的老人被枪杀了。警视厅的中村警长打来电话，要我立即赶到现场。你能不能一起去？如果你能来，也许能给我提供许多有参考价值的东西。也绕不了多少远路，我顺便去你家接你，请准备一下好吗？”

森川五郎爽快地同意了。对于他来说，像这样的情况还是头一回碰上。迄今为止，他已经多次应邀与明智小五郎一起去案发现场。现在听说是蛭峰家出事，兴趣更浓了。

片刻，门口传来停车声，随后是明智小五郎劲头十足的说话声：“森川君，这么冷的天辛苦你了！”

“没关系，我也真想去呢！因为，我是蛭峰家刚聘请的法律顾问。”

两个人一坐到座位上，车便启动了。

“刚听说蛭峰家的情况，就发生这样大的事！大概是预感吧？你做了件大好事。能否再说一下他们家的情况？嗯，是啊，死去的蛭峰康造老人有没有养子或者养女？”

“有。养子叫蛭峰良助，单身。养女叫鸠野桂子，她丈夫叫鸠野芳夫，是一家证券公司的经营者，也住在蛭峰康造家里。”

“你说那个患有心脏病的蛭峰健作老人有两个亲生儿子，叫什么名字？”

“一个叫蛭峰健一，一个叫蛭峰丈二，两个人都是游手好闲，不工作。”

“明白了，但最好别往那里想。因为，凶手未必在他们中间。”

明智小五郎说完不吭声了，没有梳理过的头发随着车的颠簸摇来晃去。

他们到达时已经有两辆轿车停在三角馆那里了。明智小五郎和森川五郎走进玄关刚要出声打招呼，挂有“蛭峰康造”名牌的门开了，探出三张脸，其中有女的。

“是警视厅的吗？啊！森川律师也一起来了！我是隔壁住宅的蛭峰健一，这是我弟弟蛭峰丈二，还有一个是我姨妈穴山弓子。我们都惊呆了，刚听说发生了凶杀案。”

“我是侦探明智小五郎。照这么说，你们都居住在隔壁住宅，可为什么出现在这里？发生凶杀案的时候，你们已经在这里了吗？”

“没有，我们是接到通知过来的。”

“那好，你们先回自己住宅吧！人多会造成现场混乱……总之，还有许多情况要请你们提供，请别外出！”

明智小五郎说完，和森川五郎一直看着他们三个人消失后，才朝玄关里的廊厅走去。

出事现场的大餐厅里，人挤得满满的，是警视厅和当地警署赶赴现场的刑事侦查警官们。老人的尸体还是原来那样伏在桌上，旁边站着身穿西装的绅士，好像是看护尸体的。他一看见明智小五郎来了，赶紧走过去。他就是警视厅的中村警长。

家人蛭峰良助和鸠野桂子以及丈夫鸠野芳夫围作一团站在角落里。

鸠野桂子坐在椅子上用手帕捂着脸，丈夫鸠野芳夫看着妻子的脸不时轻声安慰。鸠野桂子一个劲儿地摇头，蛭峰良助则把手臂挽在胸前，逐个打量警官脸上的表情。

明智小五郎示意中村警长到走廊，与他悄悄商量。

这时，客厅门开了，闯入一个绅士。

“管家总算能说话了！上了年纪，身体虚弱，不过，已经脱离了危险。”

中村警长听这么一说，转过脸对明智小五郎说道：“太好了！猿田管家是在客厅里被凶手打倒在地的，现在能开口说话了。”

“这是好消息！也许能从他那里获得什么线索。尸体检查的结果怎么样？”

“嗯，心脏受到枪击后当场死亡的。伤口附近没有硝烟痕迹，不像近距离射击，子弹方向是稍稍向下进入心脏的。死者虽说是老人，但生前好像没有患什么病。下一步，必须解剖才能弄清原因。”

“嗯，那好，请允许我调查现场。”

明智小五郎得到中村警长许可后走进餐厅。

墙角那里站着蛭峰良助和鸠野芳夫，脸上是目瞪口呆的表情，鸠野桂子不知去了哪里。

明智小五郎检查了餐厅里窗户的情况，所有的窗内侧都上了插销。他随后走到房间中央，按顺序打量通往厨房、走廊以及通往客厅的拱形走廊。

他好像在思考，在那里站了好一会儿。过了一会儿，他跟站在那里的蛭峰良助说起话来："你是蛭峰良助吧！是你打电话报的警？"

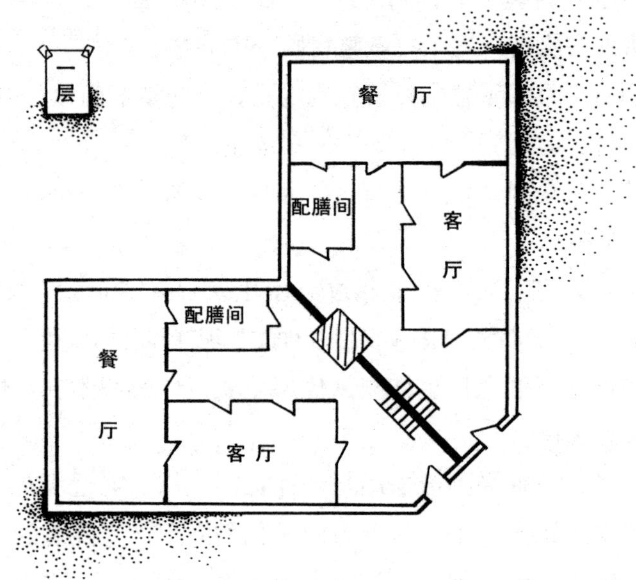

"是的。当时我在二楼自己房间里看杂志，大餐厅里父亲和芳夫君两个人在谈话。突然听到一声巨响，但我当时没想到是枪声，只是感到奇怪便跑下楼来了。一进入餐厅就看见父亲像这样趴在桌上，旁边站着芳夫君。当时的餐厅里，除芳夫君外没有其他人。"

身穿崭新的西服、脖子上系着漂亮领带的蛭峰良助，边说边偷偷地望着鸠野芳夫。

"那好，我问问鸠野芳夫。"

察觉到明智小五郎投来的目光，鸠野芳夫苍白的脸顿时成了紫色。他生就狭窄的肩膀，加上不怎么新的西服，给人一种寒酸的感觉。鼻子下边似乎故意留着一圈小胡子，看上去比实际年龄要老许多。

“我坐在父亲身边正要说话，他猛摆手示意我不要说话，还竖起耳朵细辨动静。虽说他年岁已大，可听觉非常灵敏，好像听到了什么很轻的响动，接着脸转向通往客厅的门帘，似乎要站起来。

“我不由得顺着他的视线朝那里望去，察觉门帘那里好像有什么在晃动。到底是什么，我看不清楚，反正体积很小。刹那间，那里喷出了火花。显然，有人躲在门帘背后朝这里射击。歹徒就发射了一发子弹。”

“你接着说！”

“父亲呻吟了一声便趴在桌上不动了，我惊呆了好一会儿，随即抱起父亲……”

“芳夫君，你为什么不去追凶手？就是那个躲在门帘背后的家伙！”蛭峰良助在一旁插话。

“这个我会解释的。当时我根本没想到父亲会死，见他伏在桌上，满脑子想的是先救人要紧……再说凶手还握着手枪呢。”

明智小五郎一声不吭地走到门帘跟前。

“厚绒门帘烧焦了，还有股硝烟味。”

蛭峰良助、鸠野芳夫和森川律师走到门帘跟前，查看被烧焦的痕迹。

可疑鞋印

“这事，我还想去问一下猿田管家。”明智小五郎说着掀开门帘走了出去。

他们三个人也跟着走过去。猿田管家的脸肿得变了样，整个脸歪斜着。

“别紧张！能回答我提的问题吗？”

“能。瞧，我被打成了这副模样。”

“你看见凶手了吗？”

“看见了。那家伙持枪射击的时候，我看得清清楚楚。”

“那人大概是和你主人说话的鸠野芳夫吧？”

“什么？那怎么可能！鸠野先生和主人在说话，而那家伙是从外面闯进来的，是一个长得像妖怪那样的恐怖家伙。”

“嗯，是从外面来的？你是怎么知道的？”

“我听见玄关门铃响后跑去开门，那家伙站在门口说是和鸠野先生约好的。我虽觉得那人可疑，但还是把他请到客厅，向鸠野先生报告了这一情况。”

“原来是这样，那后来呢？”

“我和鸠野先生一起走到客厅，不料那家伙消失了，害得我被主人狠狠训斥了一顿，要我找到后轰他出去。我走出餐厅在住宅里找了好一会儿，奇怪的是连影子都没看见，无奈返回客厅，谁知那家伙从角落里冒了出来。”

“你大概记得那人的长相吧？”

“记不得，因为看不见他整个脸，只感觉到是一副凶相。他来到客厅，竖着大衣领子，戴着帽檐几乎压在眉毛上的礼帽，看不清楚脸长的模样。”

“大衣颜色呢？”

“鼠灰色，从头到脚是清一色的鼠灰色。”

“有什么特征吗？”

“怎么会没有呢！是看一眼便永远不会忘记的残疾人！他的右肩上好像长了一个鼓得高高的大瘤子，左肩则朝下垂得厉害，脖子朝左斜的幅度很大，瘸腿，走路时拖着左脚移动。”

“猿田管家，像长相这么怪异的男子，你为什么要把他请到客厅？把他拦在玄关那里该多好，可偏偏……”

“一开始我没想到这家伙会那么狠毒，硬是把我打倒在地上。”

“第二次见到的时候怎样了？”

“我根本来不及逃走。仅眨眼工夫，他已经扑了过来，猛击我的下巴。我被打倒在地，既不能动弹也喊不出声，眼前有些模糊，可我没有昏迷。因此，那家伙的所作所为都被我看见了。那家伙见我倒在地上，便跑到通往餐厅的门帘那里。我没有见过那种射击架势，但一听到枪声全明白了。躺在地上的我全身不能动弹，只能眼巴巴地看着他逃之夭夭。”

“凶手朝哪里逃走的？”

“从边门逃到走廊上，后来我就不知道了。如果他想逃跑，不管是前门还是后门都能逃走。”

“噢，原来是这么回事。你大概已经累了吧？我们暂时就说到这里。”

明智小五郎和森川律师说了一些安慰猿田管家的话后，来到走廊上。

这时，中村警长也急匆匆地走到他俩跟前。

“明智君，有重大发现！”

“什么？”

“脚印。你跟我来！”中村警长推开与客厅门相对的房门，朝厨房走去。

面朝后院的玻璃窗敞开着。

“看来，凶手是从这里逃跑的，就这扇窗是开的，所以我特地在这里调查了一番。你们瞧！”

院子从早晨开始没人散步，堆积了厚厚的一层雪，但从窗户下边到后门那儿的积雪上有一连串脚印。

“嗯，好像是从这里逃走的，可窗下边是水泥地面，再说没有积雪，即便跳下去也不会有脚印，因此脚印是从水泥地面向后门那里延伸，并且不光有脚印，还有其他许多东西。这样吧，我们从地下室朝院子试着走一下！”

中村警长走在前边，走过昏暗的楼梯，经过地下室厨房来到厨房后门，再沿门外楼梯朝上走四五步台阶便是后院。

“我还没用手触摸过这些东西，请用手电筒照亮！”

取过中村警长的手电筒朝那里照去，果然有许多东西散在地上，鼠灰色大衣，鼠灰色礼帽，鼠灰色手套，还有手枪。

“啊，这是手套吗？按理上面应该留有指纹吧？礼帽和大衣，都是新的。嘿，商标都被割下带走了，不用说，口袋里是空的。”明智小五郎自言自语，蹲在地上照亮雪上的脚印，片刻转过脸朝中村警长问。

“嘿。这是走起路会发出声响的鞋子吧！多半不是凶手平时穿的鞋子，最好能取下它的模型。”

鞋印一直延伸到后门，消失在沿河边的路上。右脚印很普通，左脚印好像是拖着脚走的。这与猿田管家说的瘸腿是一致的。

“明智君，快到一点了！再调查大概也不会有什么新线索，暂时就请回吧！我安排几个人留下后也回去。”中村警长用手电照了照手表说。

“行！在相当一段时间里不准外出。我们就明天见吧，告辞了！”

明智小五郎向中村警长打完招呼，和森川律师坐上等候在外的轿车。

“凶手如果不是家族成员，事情就麻烦了。”

轿车刚一启动，森川律师就说了起来。

“你这样认为？”

“这不是明摆着的吗？从脚印和留下的东西来看，多半是这样。”

“那纯粹是哄骗孩子的把戏。你看了脚印后不觉得有什么可疑之处吗？如果一点儿也没有感觉到，那说明你的脑子有问题。”

“可我确实是没感觉到什么呀！”

“你想想那院子里不是有一条通向后门的石子路吗？凶手为什么不走那里，而偏偏要在会留下脚印的积雪上逃走？这是第一个疑点。”

“噢，你是这么分析的，凶手调虎离山，故意暴露本应该隐藏的脚印。”

“第二个疑点，凶手为什么要把化装道具扔在那里？还煞有介事弄去商标抹掉枪上指纹。根据众多案例来看，凶手通常会把成为证据的东西扔到远离案发现场的地方。”

“啊，原来是这样……”

“第三个疑点，后门虽是关闭的，可只要卸下门闩就可以打开，不需要钥匙。可凶手偏在门内侧上门闩，这是为什么？”

“大概是爬到门上逃走的吧？”

“要是那样，理应留有脚印。可我调查过了，没有那样的痕迹。”

“那，凶手逃到门外又是用什么方法在门内侧上插门闩的呢？”

“喂，你别说傻话！配膳间的窗户不是敞开的吗？再说化装道具是扔在那里的。如果从这里逃走，应该留有脚印！可见，有人煞费苦心地插上门闩。难道不是这样吗？”

“原来是这么回事。我是一个完完全全的门外汉，只会看表面现象。”

“要说结论，凶手没有逃走。”

“什么？照你这么说，凶手是蛭峰家族成员。”

“嗯，说得确切一点儿，凶手就在这两家。两家使用一部公用电梯，任何时候都可自由地来去。”

“等一下！凶手从窗口跳到地面留下脚印，扔下化装道具走到后门，返回时沿碎石路不留任何脚印。到这里的推理行得通，可凶手是从哪里潜入的？从配膳间的窗口潜入的说法很勉强，因为楼梯在地下室。要是从一楼窗口进入，那在一楼与二楼之间，就是爬也不行。

“从那里鬼鬼祟祟地爬进去，肯定会被察觉！照这么说，应该是从地下室入口。可那里的门内侧插有门闩，中村警长调查过那里，这不会有错。由此可见，凶手虽留下脚印，但从客观上无法进入住宅。明智君，这你怎么解释？”

“其实，我早就想要说了，这算是第四个疑点吧。”

森川律师仿佛受到惊吓似的，盯着明智小五郎的脸：“啊，了不起，了不起，你居然连那里也想到了！”

“凶手作案后只是把化装道具从窗口扔了出来。”

“什么？你的意思是说，凶手并没有离开住宅一步？”

“是的，地上脚印是作案前白天留下的。凶手，无疑知道这么冷的天积雪不会融化。他之所以这样做，目的是想让办案人根据案发后扔下化装道具这一现象，判断脚印是枪击后留下的。但凶手这一招想得真美！”

“我明白了！凶手是一个诡计多端的家伙！”

他俩谈到这里，都很快意识到该案的侦破难度，安静了一会儿没有吭声。车停在森川律师住宅门前的时候，森川律师好像想到什么，大声嚷道：“鞋子！喂，明智君，那双走起路来有响声的鞋子！凶手穿过的那双鞋子怎么没见着呀？只要找到藏鞋子的地方，也许那就是能找到罪犯的关键证据。”

“是啊，那情况我早就想到了！”

“什么，你已经想到了？”

“那情况你不是比我先知道吗？比我知道得更具体。”

“你是说我？”

“是呀，你忘了？昨天吃晚饭时，对我说起白天拜访蛭峰家时的事情。你一开始就提到了那个牛皮纸包，不是从你头上飞过掉到河里的吗？你想想看，那牛皮纸包里会装着什么？”

“啊，难道是那双鞋子？”

“我想是的。你沿河边走的时候，正巧是凶手在院子里伪造脚印的时候。当时，你与凶手之间仅隔着一道围墙哟！”明智小五郎微笑视注着森川律师的脸。

谁是凶手

次日清晨，明智小五郎与森川律师出发去蛭峰家。

轿车开到三角馆附近，明智小五郎突然想起什么，急忙吩咐司机把车停在距离蛭峰别墅较远的地方，沿冰雪已经融化的大道步行。

“这么古老的建筑物居然被保存了下来！”

三角馆在早晨的阳光里显得灰暗而陈旧，墙面似乎好久没有清洗过，脏兮兮的。

“在过去它肯定是一幢流行建筑。”

他俩在玄关前站着仰望了一会儿建筑物，片刻后进入里面。

换鞋处的左侧是发生凶杀案的蛭峰康造家。推开房门，光线暗淡的廊厅里站着一个刑事侦查警官。

“早上好，你辛苦了！有什么异常情况吗？”

“早上好，这里一切正常。”

“猿田管家怎么样？”

“已经恢复过来了，好像在配膳间。”

明智小五郎听警官这么一说，催促森川律师去配膳间。

“这么早就打搅你，会妨碍你工作吗？”

配膳间里鸠野芳夫正喝着猿田管家端来的咖啡，一听见明智小五郎的声音，不知何故脸立刻红了，慌忙站起身。

“两位请坐，别介意，猿田管家，他俩昨天晚上来过这里，一位是律师，叫森川五郎，另一位是大侦探，叫明智小五郎。去给他们倒杯咖啡。”

这个配膳间兼有餐厅功能，早餐和午餐都可以在这里用餐。晚餐以及邀请客人用餐时，改在大餐厅。

猿田管家的脸仍然肿着，面色很难看。他扑哧一笑，向两位打招呼后离开房间出去了。

“他看上去年岁很大了，大概很早就在这里当管家了吧？”明智小五郎看到管家背影消失后转过脸问道，没想到鸠野芳夫慌张起来，望着明智小五郎。

“嗯，他在这里很长时间了，小时候就在这里，是爷爷把他带大的，在我们还没有出生前他就已经在我们家了。抽烟吗？”

鸠野芳夫从口袋里掏出一盒外国进口烟，向他俩递过去。

“你们是来调查昨晚发生的事情吗？”

“是的。昨晚没能问详细，因此……想请你从头按顺序再叙述一遍。”

“好，我明白了。”

鸠野芳夫详细地说起了昨晚案发的前后过程。

他从开始吃晚饭说到吃饭时发生的情况，又说到隔壁住宅的蛏峰丈二来餐厅玩，和蛏峰康造老人命令自己留下让其他人回房间的情况。他说，根据爷爷和大伯父生前的遗书规定，孪生兄弟的蛏峰健作和蛏峰康造，他们的财产只能由一个人继承。那就意味着寿命长的那个才能得到财产。

“由于隔壁蛏峰健作老人患病，担心两个儿子在他死后没了经济来源，便要求我岳父答应在他死后将爷爷和大伯父留下的财产分一半给他那两个儿子，并要求签订协议，可我岳父拒绝了这样的要求。”

“你岳父说话过程中听到过什么奇怪响声吗？”

“要说奇怪响声倒是有，还不时地传来。虽然我没有听见，但岳父耳朵挺灵的，说客厅里有人，还竖起耳朵听了好一会儿。你们大概已经知道，昨晚有一个奇怪的家伙来我家找我。

“我一听说赶紧去了客厅，可没发现有人。我和管家在客厅里和其他地方找过，根本没有那个找我的人。但岳父说有人，还说一定藏在家里的什么地方，命令管家找到后轰他出去。现在想起来，岳父的第六感觉是对的。”

“原来如此。照这么说，你岳父晚餐结束后是第一次对你说他已经决定拒绝蛏峰健作老人的建议吗？在此之前，你不知道岳父是什么打算？”

“不知道，但大致能猜测到。就岳父的性格来说，他是不可能接受这建议的。可岳父亲口那样说，我还是第一次听到。”

“你岳父一旦做出决定就绝对不改变吗？”

“他生性固执，一旦做出决定是不会改变的。”

“他跟你就说了这些吗？”

“他还说了一件事，说自己的手提保险箱里虽然钱放得不多，可时常遭窃，尽管被盗的只是其中一小部分，但心里很恼火。为杜绝这一情况，他让我替他出主意。”

鸠野芳夫又说到他去岳父房间取来手提保险箱，与岳父一起检查锁的情况。保险箱上是非常普通的锁，只要是形状大致相同的钥匙都可轻松打开保险箱。作为抓小偷的办法，鸠野芳夫还建议岳父在放入保险箱的纸币上写一个别人看不清的小记号。

“那保险箱上的指纹检查过了，只有你和你岳父两个人的。看来盗贼是非常谨慎的惯犯吧。为慎重起见，我想当着你的面再检查保险箱上的指纹。如果你觉得可以，请把保险箱拿到这里来！”

明智小五郎说完，鸠野芳夫马上站起来，片刻后他把保险箱抱来了。

“森川君，请你打开保险箱取出里面的东西！我想记录一下里面的钱币。”

森川律师依照明智小五郎的吩咐，用鸠野芳夫递给他的钥匙打开保险箱取出纸币。一千日元的纸币是二十七张，一百日元的纸币是二十九张，两叠纸币的腰间有扎得非常整齐的纸带。除纸币外，没有其他东西。

明智小五郎让森川松开纸带，一张一张仔细地察看纸币，在笔记本上记录着什么。森川律师和鸠野芳夫眼神茫然，不可思议地望着明智小五郎那只不停记录的手。

其实，明智小五郎也就是这个时候洞察到了隐藏在凶杀案背后的秘密。

对保险箱的调查结束后，明智小五郎把笔记本放入口袋里，一脸严肃地看着鸠野芳夫。

“芳夫君，你是否把昨晚的整个经过都说了，有什么漏掉的地方吗？”

“应该没有，就这些。当时，也就是我岳父正要关闭保险箱的时候说他听到奇怪的响声。这时候从两扇门帘间的交会处出现了枪口，我岳父刹那间被子弹击中。”

“那好，猿田管家，现在请你说说情况。”

明智小五郎突然话锋一转，惊得森川律师赶紧转过脸来。不知什么时候，猿田管家已经站在身旁。思路敏捷的明智小五郎，也早已察觉到他了。

猿田管家提心吊胆地走到前面，恭恭敬敬地鞠躬行礼。

“我该怎么说才好呢……”

“是啊，例如，你就说说凶手的身高吧！我的身高是一米八，森川律师的身高是一米七八。请森川君和芳夫君站直了，再请猿田管家比较一下我们的个头。怎么样？我们三个人中间，芳夫君个头最矮吧！芳夫君，你身高多少？”

“我身高大约一米七二。”

“猿田管家，怎么样？我们三个，谁的身高最接近那个凶手？”

“是啊，我看得不是很清楚……大概和森川君的身高有点儿像……不，比他的个头好像还矮点儿。”

“没看见脸长得什么模样吗？”

“帽檐和竖起的大衣领子遮盖了那家伙大半边脸……不过，粗看脸色偏黑。”

“那男子你一次也没见过吗？”

“是的，我一次也没见过。”

“右肩朝上，左肩朝下，脚有点儿瘸，是吧？”

“是的，我看到的就是那般模样……”

猿田管家说完还特意模仿凶手，由于脸肿而且发青，让人看了怪害怕的。

明智小五郎问了这些情况后，从椅子上站起来。

“好，不打搅你们了。”

猿田管家赶紧开门彬彬有礼地鞠躬，送明智小五郎他们出去。

明智小五郎和森川律师朝鸠野芳夫点头示意后，来到走廊上。

两个人刚到走到大厅便遇见从楼梯下来的蛭峰良助，那模样好像睡眠不足，眼睛红红的，看到他俩像碰上敌人似的，表情僵硬，开口就问：“哎，还没抓住凶手吗？”

明智小五郎朝他笑了笑答道：“能这么快抓住吗？警方已经使用各种手段全力侦查该案，相信要不了多久凶手会露出马脚的！啊，凑巧在这里遇上你，想问你一下。”

“问什么？”蛭峰良助脸上立即流露出不高兴的神情，大着嗓门儿反问。

“你昨晚是在什么地方听到枪响的？”

“昨晚我不是说了吗？是在自己卧室看杂志时听到的。”

“听到枪响后你立刻下楼跑到大餐厅里的吗？在下楼前你还喊过住在三楼的女用人，是吗？”

蛭峰良助听到这里，眼睛瞬间变成三角形，比较着他俩脸上的表情。

“那又怎么啦？我是喊她们了！难道不可以喊吗？”

“不，我不是这个意思！猿田管家看见的那个凶手模样，你想过大概会是谁吗？”

“没想过。”

蛭峰良助像下什么决心似的，说完打算赶紧离开。明智小五郎喊住他，语气温和地继续问道：“你妹妹叫鸠野桂子吧？我们想见她一下……”

“现在不行！昨晚的噩耗使她病倒了。请你们过一会儿再去。再说这起凶杀案她什么也不知道。”

“不，我想知道的是案发时她在哪里？”

“这，你不问也清楚，她在三楼自己的卧室里，说没听见枪响声。”

蛭峰良助这一回说完立刻走了，走进鸠野芳夫还在的配膳间里。

明智小五郎目送他走进配膳间，皱了一下眉头嘀咕：“这人火气还挺大，是脾气任性容易走极端的人。这样的人一旦被激怒，什么都干得出。”

这时，玄关门开了，一名刑事侦查警官走进来，走到明智小五郎跟前耳语了几句。

“啊，原来是这样！太好了，就这么办！森川君，你先去隔壁住宅的蛭峰健作老人的房间等我。接下来，我准备向隔壁住宅里的人打听当时的情况。再说蛭峰健作老人说想见见我们！我和这位警官商量后就过去！”

明智小五郎和警官一起朝廊厅的深处走去。

善良老人

森川律师按响隔壁住宅门铃后，昨天白天拜访这家时曾为他做向导的女用人出现了，把他请到客厅里。

他一坐到椅子上，眼前便浮现出昨天白天拜访这家的情景。可打那以后到现在还不到二十个小时，这里已经发生了翻天覆地的变化。想到这里，心情不由得十分沉重起来。

假设院子里的脚印是伪造的，凶手就是这两大家庭成员中的一个。

那么，杀了蛭峰康造老人得到利益的人是谁呢？应该是这家的蛭峰健作老人！他的两个儿子蛭峰健一和蛭峰丈二是一对很难对付的兄弟。明智小五郎会用什么办法询问他们呢？

就在森川律师陷入沉思之际，隔壁房间传来说话声。

“是真是假，反正可疑。”

说话的，是蛭峰健作老人的长子蛭峰健一。

“不，不会是撒谎。我跟堂妹桂子说得很清楚，你是鸠野芳夫的妻子，最好再克制一下自己任性的脾气，做一个好妻子。”

说这话的，是蛭峰健作的次子蛭峰丈二。

森川律师一听兄弟俩在说话，联想起昨天他俩的对话不由得目瞪口呆。

“嗯，你又有这么大变化，这里肯定有什么原因。”

“怎么会没有原因？我是想重新改变一下自己，争取出人头地。”

“什么？你想改变自己？到昨天为止，你不是还在说父亲的身体状况，说什么我们有可能变成乞丐。你过去那么担心，现在叔叔死了，你知道可以拥有巨额财产了才这么说，脑子转得真快！简直一百八十度大转弯。”

说到这里，兄弟俩的说话声突然变小了。

这时，森川律师的肩膀被一只手轻轻地触摸了一下，他赶紧转过脸朝后看，原来是明智小五郎，不知什么时候站在他的身后。

明智小五郎一边用眼神跟森川律师打招呼，一边朝电梯那里走去，他轻声地说：“森川君，刚才他俩的话我也听到了，真有趣！”

电梯前站着刚才那个女用人，正等候他俩。

“主人在三楼等候您二位光临。”

两个人走进电梯里按了一下“关”，于是电梯升至三楼。

三楼电梯口也有一个女用人等着，与昨天是同一个人，带他们去老人房间。

推开房门，女用人先进去报告，接着他俩一前一后地走了进去。只见靠着坐在沙发上的蛭峰健作老人微微睁开眼睛，没有一点儿光泽的脸上布满了道道皱纹，看上去憔悴而消瘦，就一个晚上竟已经变成这般模样。

“蛭峰先生，您好点儿了吗？我是森川五郎，这位是著名侦探明智小五郎。”

“噢，森川君，明智君，你们辛苦了！”

有敲门声，蛭峰健一和蛭峰丈二兄弟俩径直走进房间。

“明智君，我这两个儿子就是不听话，非要挤在这里，有妨碍吗？”

蛭峰健作声音嘶哑，语气尴尬。蛭峰健一走到老人背后说：“爸爸，这可不行。医生不是说了吗？首先禁止的是您与别人谈话。”

他转过脸对明智小五郎说：“请尽量简短一些！你也看到了，父亲身体很不好。”

“刚才问过女用人，说是昨晚发作的。你很担心，但我们绝不会占用很长时间。蛭峰健作老人昨天夜里发病，大概有什么原因吧？”

“没有，根本就……”

蛭峰健作老人听他说到这里轻声笑了。

“医生说的话您必须听！我们刚才调查过了，昨晚那意想不到的事情不仅仅是使您病情恶化。”

“什么？你都知道了？昨晚我离开房间走到外边……”

“是的，您大概是在隔壁二楼走廊上吧？”

明智小五郎的锐利目光紧盯着老人眼睛，老人耷拉着脑袋无精打采。

“我当时疯了，想到如果就这么死去，两个儿子就会变成要饭的乞丐，急得坐立不安，觉得不能这么等他的回音，无论如何得主动找他，让他听我的。”

“那，你见到蛭峰康造了吗？”

“没有。我使出全身力气乘上电梯下到一楼，沿走廊走两三步。当时我难受得快要死了，不得不遗憾地又回到自己房间。为什么走到这种地步……拼死拼活，不顾一切，唉，我们所做的，太愚蠢了。”

明智小五郎没有说话，全神贯注地听蛭峰健作老人说。

“康造太可怜了！按照父亲的遗嘱努力到现在，却死在我的前头……”

老人嘟嘟囔囔地在喉咙里嘀咕，热泪不停地沿着消瘦的脸呈直线状朝下流淌。

“森川君，那份协议书写好了吗？抓紧写！我要在上面盖章，让康造看我说到做到的证据！”

“什么？你是说尽管蛭峰康造死了，你还是要分一半财产给他子女？”

森川律师惊喜交加，不由得提高了嗓门儿。

“是的，我当然要那样做。从一开始我就是那么说的，即便现在情况发生变化我仍然不会改变。”

“爸爸！”

蛭峰健一和蛭峰丈二兄弟俩听父亲这么说，气急败坏地从两边朝父亲这边扑来。

“爸爸，那事情以后再说吧！现在说这件事，过度激动会伤身体的。森川君，这事情抽时间再慢慢商量吧！今天，你们就暂时回去！”

无论发生什么表情总是冷冰冰且不动声色的蛭峰健一，这时表情变得十分认真，一脸严肃地望着森川律师，蛭峰丈二也面红耳赤地嚷着。

“你们俩都给我安静一点儿！森川君！快写！我是一个也许明天就会死的病人，哪怕就是活到今天晚上……”

蛭峰健作老人使出全身力气嘶哑地说道，而蛭峰健一却大声嚷嚷，企图遮盖老人的说话声。

“森川君，我爸爸现在不正常，应该说不是能决定遗产问题的状态。请暂时回去！否则我爸爸会有生命危险。”

“明白了！这就回去！可我必须把委托人蛭峰健作的要求写进协议书里，我今晚就把协议书拿来。”

森川律师斩钉截铁地说。

蛭峰健一怒目圆睁，眼看就要朝向森川律师扑来，但又好像突然想起什么，立刻恢复平日里冷漠的表情，虽没有张嘴说什么，可表情似乎在说，好吧，咱们走着瞧，你一定要这么做那就试试看！

财产平分

森川律师离开蛭峰健作老人房间后，决定先返回律师事务所写协议书。他用电话与明智小五郎联系，约定在三角馆附近的餐馆见面，打算边吃晚饭边讨论该案。

“协议书写好了，在我包里。”

森川律师一进入餐馆，发现明智小五郎早已坐在餐桌前等他了。

“好，都准备好了，只要蛭峰健作在上面盖章，财产就可分一半给蛭峰康造的子女。说实在的，蛭峰健作知书达理，可他的儿子根本不讲理。”

明智小五郎没有说话，好像在思考其他的问题。服务生很快端来饭菜，他不着边际地边说边吃。一吃完晚饭即刻喊来服务生，用命令的口气说道：

“我俩有事要谈，请别让任何人进来！”

他吩咐完毕将小包房的门关上。

明智小五郎把椅子从桌边挪开，一改刚才正襟危坐的坐姿，点燃平时最爱抽的菲洛卡埃进口香烟猛吸了一口，烟雾萦绕着他的脸往天花板上慢慢飘浮。

他在烟雾里紧闭着双眼苦思冥想，片刻后把烟头按在烟缸里，一边将它熄灭一边说：“被称为养父关于财产继承的遗嘱里藏有引发凶杀案的动机，这一点是非常明显的。”

“看来凶手是在蛭峰健作这边吧？因为，杀了蛭峰康造得利的是蛭峰健作及其家人，所以……”

“你那样判断？不能草率下结论。干侦探这行要怀疑所有人，但最不可疑的人物必须最严密监视！”

“我离开后你是不是调查了所有人是否有作案时间？”

“是的，你回到律师事务所后我逐个进行了询问。有的说自己当时在图书室里看书，有的说在自己卧室里看杂志……可枪响时两家人都独自在房间里。每个人都这么说，可都拿不出证据。也就是说，每个人都提供不出不在现场以及没有作案时间的证据。”

“但是，鸠野芳夫和猿田管家在案发现场。”

“是的，这点是最清楚的。鸠野芳夫帮助蛭峰康造老人从二楼取来手提保险箱，从那时起到枪响就他和老人在一起。从客厅角落里出现的怪人将猿田管家打得无法动弹后，到门帘中间伸出手枪。这情景，猿田管家说他看得清清楚楚……问题是，这仅仅是他本人这么说，而没有事实依据。还有鸠野芳夫与猿田管家之间隔有门帘，谁都看不见谁，他俩好像都提供不出证明自己清白的证据。”

“嗯，长得像猴子似的猿田管家，我对他没好感，因为那家伙表里不一。每当我注意他脸时，他都会把脸猛扭向一边，装作若无其事的模样。可当我们不注意时，他便目光咄咄逼人地紧盯着我们。我已经看到两三回了，他总是盯着你的背部。”

“你说的这情况我也察觉到了。那模样好像是神经质的病态。三角馆里的人多多少少都有些神经质，只是程度不同而已。”

“是呀，蛭峰康造家人只要没有神经病，就没有杀害父亲的理由。试想，杀了父亲，他们都将变成一无所有的乞丐。可蛭峰健作这边不同，蛭峰健一是一个什么都干得出的男子，蛭峰丈二是一个根本没有道德观念的家伙。

“穴山弓子把他俩当作自己儿子宠爱，所以养成他们这样怪异的性格。归根到底，是穴山弓子太宠他俩的缘故吧！为了他俩，这女人哪怕赴汤蹈火也在所不惜！瞧她那模样，冷若冰霜，毫无表情，是一个十足阴沉的女人，与猿田管家正好一对。”

“是啊，回到刚才的话题，虽说两家人我都问了，可还剩一个我还没问。”

“我想，那个蛭峰健作应该不算在内吧！他不是已经决定把一半财产分给死者的子女了吗？那么好心肠的人难道会杀人？”

“嗯……根据我今天了解到的情况，他昨晚在隔壁蛭峰康造住宅二楼的走廊上徘徊过，被隔壁住宅的女用人看到。我思考过，一般来说，品行正直的人，更不能忍受一方变成富人另一方成为乞丐的不公平现象。”

明智小五郎仍然满脸笼罩着烟雾，目光似乎透过烟雾望着遥远的地方。

“明智君，你大概已经知道凶手是谁了吧？”

“森川君，我怀疑所有的人，只是没有像你那样把情况分得白与黑那么清楚……但我觉得凶手马上就会出现在我的视线范围里。这样的预感，不间断地在我的大脑里掠过。”

明智小五郎说话声铿锵有力。

七点刚过，他俩离开餐馆朝三角馆走去。

按响蛭峰健作家门铃后，出来迎接的是长子蛭峰健一。

森川律师一走进去便把包放在廊厅角落的桌上，脱下风衣和帽子放在桌旁椅子上。

明智小五郎也把帽子放在桌上，把风衣放在另一张椅子上。

桌上放有台灯和花瓶，花瓶里插有开着许多小黄花的花束，漂亮台布的表面上掉有黄色花粉。

蛭峰健一边把他俩请入客厅一边说：“今天，隔壁住宅的堂弟堂妹和妹夫都在我们餐厅里吃了晚饭，现正聚集在客厅里。”

蛭峰健作要将财产的一半分给死者子女的意愿，好像已经在两家人之间传开。他们似乎都很激动，脸上没有为蛭峰康造的死而悲痛的表情。就连蛭峰良助和鸠野桂子，脸上也掩饰不住能分得一半财产的喜悦，显得有些飘飘然。

“如果可以，我想马上见你的父亲。”

森川律师对蛭峰健一说。

蛭峰健一白天里曾极力阻挠和反对，但现在也许觉得这是大势所趋，于是用很平静的语气答道：“请等一下，我现在就吩咐女用人。”

他这么说完迅速地出去了，那灵巧的行动与魁伟的体形很不相称。

明智小五郎问身边的蛭峰丈二：“你爸爸情况怎么样？”

“好像好许多了！”

接着，他像追赶哥哥蛭峰健一那样也出去了，不知去了哪里。

须臾，站在餐厅附近的森川律师耳朵里传入男女的说话声，好像是从门帘外面传来的。

“请忘掉白天说的事情！从昨晚发生凶杀案开始，我是摸不着头脑，现在我们应该友好，你应该像过去一样跟我友好相处，好吗？”

“这我清楚。如果你是真心实意，我想我应该和你相处下去。”

说完笑了笑。她是鸠野桂子。

森川律师大吃一惊。今天上午，蛭峰丈二向哥哥蛭峰健一保证，绝对不再和鸠野桂子交往。自己也听得明明白白的。

但从刚才这番对话来看，蛭峰丈二又与人妻鸠野桂子重归于好。

这时女用人进来，说蛭峰健作在等他。

“森川君，我在这里等你！”

“那也好。咦，我的包在哪里呀？”

“在廊厅桌子上！”

明智小五郎一边这么说一边似乎想起什么，与森川律师一起来到廊厅。森川律师从桌上取过皮包夹在腋下，明智小五郎把放在相同桌上的帽子拿起，掸掉沾在帽檐上的花粉。

森川律师跟在女用人身后消失在电梯里，明智小五郎目送森川律师走后把帽子放回原处再返回客厅。

协议失窃

“搜索情况到底怎么样啦？凶手还没有抓住吗？”

冷不防蛭峰良助一把抓住明智小五郎的胳膊问道。

于是，明智小五郎向大家详细介绍了几天来的排查结果，从自己的调查一直说到警视厅中村警长在外面展开的侦查活动情况。

“总之，本案件的奇特和蹊跷是过去从未有过的。案情复杂，也许还需一点儿时间，但我一定会把凶手抓住带到大家面前。作为我，还有警方，再次恳请各位主动协助和配合。”

大家认真地听着。

鸠野桂子靠在丈夫身边听明智小五郎介绍凶杀案的侦查进展，她的丈夫鸠野芳夫尽管也在听明智小五郎说话，可更注意妻子脸上的表情，时不时地转过脸注视她，似乎很担心。

蛭峰良助把双手插在口袋里站着听明智小五郎说，蛭峰健一靠着桌子紧盯着明智小五郎的脸，还不经意地转动手指掸掉西服袖子上的黄色花粉。黄色花粉，与明智小五郎帽子上沾的黄花粉一模一样。

蛭峰丈二靠坐在长沙发上，无精打采地望着窗外。穴山弓子坐在长沙发旁边的扶手椅子上，那张脸与能乐面具相似，毫无表情，脸上的肌肉仿佛雕刻而成，视线笔直地朝着明智小五郎，眼睛一眨不眨的。

明智小五郎介绍结束的时候，凑巧森川律师回来了。蛭峰良助和鸠野桂子见状，脸上浮现出完全放心的神情。

“我向大家通报刚才的情况，蛭峰健作已经在这张协议上盖章。”

森川律师从包里取出牛皮信封，抽出那张半折叠的证书给大家看。

上面的内容是这样写的，即把蛭峰健作得到的全部财产分一半给蛭峰康造的家属，也就是蛭峰良助和鸠野桂子，上面还附有详细的财产目录表。

这张协议在大家的手中传阅，最后传到明智小五郎手里。他迅速浏览了一下，从森川律师手里接过信封，把证书装在信封里，又交给森川律师放进包里。

“好啦！大家已经都知道了，全部财产的一半分给蛭峰良助和鸠野桂子了。剩余的一半在父亲蛭峰健作离开这个世界后归我和蛭峰丈二兄弟俩，是这样吧？”

“是的。”

“这样的话，我们大家就不会有恩恩怨怨了。”

蛭峰健一这样说完，皮笑肉不笑地离开房间，步子迈得很大。

“有其他什么问题吗？”

谁也没有提什么问题，也都觉得没什么事了，一个个回到自己房间。

“现在，我的工作结束了！真累呀！浑身筋疲力尽，明智君，你不想回去吗？”

森川律师等这两家人离开餐厅后，有气无力地坐到椅子上，倦意浓浓地望着明智小五郎。

“嗯，我还想再问一下那些女用人，不需要很长时间，你就再等我一会儿。结束后，我用车送你回家！”

明智小五郎迈开双腿又朝廊厅跑去，森川律师把皮包挟在腋下，无可奈何地紧随其后。

他俩取过放在廊厅里的帽子和风衣走到电梯前面，接着穿过电梯走到隔壁蛭峰康造生前的住宅里。

他俩沿着廊厅朝客厅走去，刚走几步突然相互对视了一眼站住了。两个人都听到了奇怪的声音。

好像在客厅里。

明智小五郎用眼睛朝森川律师示意，接着径直走到客厅猛地推开房门。

宽敞的客厅里，只有角落一侧亮着一盏台灯，光线昏暗，弥漫着阴沉的气氛。明智小五郎定睛一看，有人正跌跌撞撞地朝自己走来。

“啊，是猿田管家？”

明智小五郎立即盘问对方。

原来叽里咕噜齿轮般奇怪的响声，竟是猿田管家的哼歌声。

“这，太意外了……是我的过错，把这么难听的曲调灌入你的耳朵。”

猿田管家听见明智小五郎的声音，抬起头，满脸尴尬的表情，战战兢兢地说着。

“猿田管家，我想跟女用人们打听情况，你能否把她们喊到这里来？”

“好，我这就去。”

猿田管家出去后，明智小五郎沉思起来。突然，他转过脸望着靠在椅背上坐着的森川律师说道：“森川君，在女用人来这里前我想再去一下隔壁住宅。如果女用人来了，你让她们去配膳间等我。”

“好的。”森川律师有点儿不耐烦，心不在焉地答道，随后手肘撑在椅子扶手上闭目养神。

明智小五郎再次穿过电梯来到蛭峰健作住宅，朝那些正在客厅里打扫的女用人问道：“哎，我想问一下你，昨天隔壁住宅发生凶杀案的时候，蛭峰健一是在这里看书吗？你大概看见他了吧？”

“哦，是大少爷吗？他一直在这里看书呢！”

“从什么时候开始看的。”

“吃完晚饭以后一直在这里看书，中间好像去过两次厕所……”

“没有进电梯吗？”

“我想好像没有进入电梯，不过，我没看见……”

询问这一情况后，明智小五郎又穿过电梯返回蛭峰康造生前的住宅，一看手表已经是晚上十点十五分了。这边的女用人正在配膳间等候，明智小五郎向她们询问案发时鸠野桂子的情况。

“少夫人在自己卧室休息，但我没看见……”

“你们不是听到蛭峰良助的呼叫跑步去餐厅了吗？当时没觉得有什么奇怪？”

“我们全都惊呆了，哪会去考虑什么呀，也没有时间去想……”

明智小五郎从女用人嘴里没能问出自己希望的答案，沉默片刻后又听到猿田管家在哼歌。

“老管家一直是这么哼歌的吗？”

“嗯，经常是这样的。”

歌声越来越远渐渐消失了。

明智小五郎停止了对女用人的询问，来到走廊上。寂静的住宅里响起皮鞋的响声，传来可怕的回声。

猛然间，他停下脚步，好像听到了什么动静，总觉得身边有异样的氛围，职业侦探所具有的超常敏感使他察觉到周围存在不寻常情况，不由得一只手按在墙上。

“啊！”

刹那间，传来令人心碎的尖叫声。

明智小五郎立即奔跑起来。

从对面走廊的转弯处蹿出一个黑影，朝这里箭一般飞奔而来。

明智小五郎猛地转过身将黑影一把抱住。

竟是猿田管家！他气喘吁吁，整个身子不停地直打哆嗦。

“怎么啦？刚才是你在叫吗？”

猿田管家点点头。

“怎么啦？发现什么了？”

“啊，啊，我看见那家伙啦！就是那个怪人！头戴礼帽，身披大衣……”

“是那个开枪打死蛭峰康造的家伙吗？”

“是，是，是的。”

猿田管家说完靠在墙上，眨眼间身体顺着墙下滑，蹲在地上，好像休克了。

明智小五郎撇下老管家狂奔过去，闯入客厅环视四周后朝玄关跑去，一路上根本就没人。他喊住站在那里把守玄关的巡查警官问道：“刚才有人从这里出去吗？”

“没有，没有人从这里出去。这一个小时里根本就没人出去过。”

明智小五郎还没有听他说完，又急匆匆返回廊厅朝上观察楼梯，再跑到电梯那边。电梯就停在一楼，这里没有凶手的影子。

他跑到地下室打量通向后院的门，见门闩还在上面，随即又沿地下室楼梯三级台阶三级台阶地往上飞跑。从电梯跑到隔壁住宅，发现刚才那个女用人还在走来走去的。

“有谁从电梯出来到这里来过吗？”

女用人十分惊愕，鼓得像杏核的眼睛望着明智小五郎说：“没人来过。”

明智小五郎这才返回蛭峰康造的住宅，看见森川律师在昏暗灯光下整个人呆若木鸡。他那只皮包掉在地上，包里的书和文件撒落一地。

“你看见什么了吗？”

“什么，你说什么？”

森川律师打着哈欠，睡眼惺忪地问道。

“凶手出现了！瞧你包里的这些东西！”

顺着明智小五郎的手指朝地上望去，森川律师这才察觉自己的包掉在地上，包里的东西撒得满地都是。他慢吞吞地站起来，蹲在地上拾东西。

“我什么也不知道，是谁看见的？”

“是猿田老管家，是他看见的，我迟了一步。唉！我白跑了一趟，应该待在你身边才是。没受什么伤吧？我还以为你被害了，暂时让我放心了。”

“不，什么也没有发生，实在太累了，不知不觉就睡着了。我好像听到尖叫声睁开过眼睛，后来又好像听见有人奔跑的声音。至于皮包里面的东西掉在地上，还是你提醒才察觉到的。”

“这么说，你没看见歹徒？你睁开眼睛醒来时房间里没人吗？”

森川律师直到这时才终于想起什么似的，赶紧检查包里的东西。突然他变得慌张起来，把放回包里的所有东西全部抖落在桌上，一样一样分门别类地摆放。

“糟糕，没有啦！刚才蛭峰健作老人盖章的那份协议不见了！肯定是被那个歹徒盗走的！”

森川律师急得像热锅上的蚂蚁，可明智小五郎却十分镇静。

“不用说，跟我判断的是一样。好在你睡着了，否则你与昨晚猿田管家一样会遭毒打。是啊，也许还会发生更可怕的事情。”

这时，猿田管家像影子般走了进来。

“老管家，请你把刚才的情况详细说一遍！你到底是在哪里看见的？还有，那家伙究竟朝哪里逃跑的？”

面对明智小五郎咄咄逼人的提问，猿田管家步履蹒跚地朝前走了两三步，腿脚无力地瘫坐在旁边椅子上，铁青着脸望着明智小五郎。

转移视线

明智小五郎锐利的目光始终盯着猿田管家，而老管家则抽搐似的嚅动着上下两片嘴唇："好，我说。那家伙站在入口那里，模样与上次见到的相同，帽檐压得很低，身着大衣，领子完全竖着，右肩高高弓起，歪脖子，和上次见到的凶手是同一个人。"

相貌丑陋的猿田管家，又模仿起畸形人的样子给明智小五郎看，小眼睛里充满惊惧的目光。

"那家伙的模样我记得很清楚，只要看一眼，想忘也忘不了。是那个家伙，确实是那个家伙。"

"那家伙当时干了些什么？"

"不知道。他多半是一直伫立在那里的，我当时一见到那家伙根本来不及想什么，只知道拼命逃跑。"

走廊上这时传来急促的脚步声，是这家庭的成员蛭峰良助、鸠野桂子和鸠野芳夫。

鸠野桂子挽着丈夫鸠野芳夫的手臂，浑身哆嗦。

“又发生什么啦？刚才好像有奇怪的响声……”

走在前边的蛭峰良助眨着眼睛，皱着眉头，朝明智小五郎走来。

“蛭峰健作老人盖章的那张协议被盗走了！那个朝你父亲开枪的凶手又出现了！”

明智小五郎简短地介绍了刚才发生的情况。

“哼，又是那个畸形家伙！杀了我们的父亲还不满足，居然践踏蛭峰健作大伯的一片好意，盗走好不容易形成的法律文书，显然是想把我们置于乞丐境地。我也好，妹妹桂子也好，应该没有遭那个家伙如此痛恨的理由吧？我也想不起来究竟在什么地方得罪过那家伙。芳夫君，你也没与人结仇吧？”

“嗯，我怎么会与人结仇呢！”

“明智君，这到底是怎么回事？你打算让那个不知底细的凶手在我们家横行霸道到什么时候？你身为日本第一大侦探，可你究竟在侦查什么？你跟警察也没什么两样！”

蛭峰良助红着脸，粗着嗓门儿，情绪十分激动。

明智小五郎把他的话全当作耳边风，脸朝着鸠野芳夫问道：“听到猿田管家叫喊的时候，你在什么地方？”

“我因下面有事从三楼自己的卧室出来，刚走到二楼，忽然听到那响声猛吃了一惊，立刻停住脚步。这时，蛭峰良助从二楼房间出来。就在我俩互问这是什么响声时，看见桂子从三楼下来。于是，我们三个人一起下楼来到这里。”

“嗯，看来凶手不是从楼梯逃走的，如果走楼梯上来，应该会遇上你们。”

“是的，我没见到那个可疑的家伙。当时凑巧在二楼，绝对不会有错，那家伙肯定是从玄关逃走的！”

“不会的，玄关有巡查警官站岗。巡查警官说了，根本就没人出去过。再说，从地下室到后院的出入口有门闩。我也检查过窗户，没有罪犯逃跑的痕迹。朝着道路的窗户外面都装有防盗网，那里也没有任何异常情况。所有门窗，内侧都上了门闩或插销。”

“这么说，是穿过玄关朝隔壁住宅逃走的。”

“那里我也调查过了。我从电梯走到隔壁问过那里的女用人，回答说没看见过有人进去，但玄关那里的情况不清楚。从女用人站的位置应该能看见玄关……我再去调查一下隔壁住宅的情况。”

明智小五郎走在前面，穿过电梯后走进隔壁住宅，其他人都跟在他身后沿楼梯来到廊厅，凑巧看见蛭峰健一下楼。

“喂，这深更半夜的，你们聚集在一起还在调查吗？”

蛭峰健一站在楼梯中段部位望着大家，脸上笑嘻嘻的。

“不，这一回轮到我倒了大霉啦！”森川律师惭愧地说道。

“健一君，你父亲盖章的那份协议被盗走了！盗贼就是那个身着大衣、头戴礼帽的凶手。”

蛭峰健一听森川律师这么一说，脸上表情立即发生了变化，可转眼间又像往常那样皮笑肉不笑地说："这到底是什么时候发生的事情？是在哪里发生的？"

森川律师说了大致经过后目光紧盯在蛭峰健一的脸上，接二连三地问："我问你，刚才我们到那里去的时候你在哪里？"

"在二楼图书室看书呀！难道我看书和文件被窃事件有关系吗？"

蛭峰健一不动声色，语气平静。

"盗贼好像是从电梯或者玄关逃走的，也有可能上了二楼。你听到过什么脚步声或者有什么奇怪感觉吗？"

"我一点儿也没注意那些，只是全神贯注地看书，没察觉到什么。"

森川五郎一边询问一边上楼和蛭峰健一并肩站在一起。

"我必须把这一情况告诉你父亲，他大概睡了吧？"

"当然已经睡了，请明天跟他说吧！你也知道他是个重病人，这么晚就不要去惊动他了。"

"可这是重大情况，我只要稍稍说一下就行了，我想去……"

"就一天也不能等吗？请改明天吧！明天……"

就在这时候，从三楼楼梯传来蛭峰健作的声音。这幢建筑从一楼到三楼，楼梯呈螺旋形向上延伸。深夜寂静，楼梯这里的说话声可能传到老人的耳朵里，再说蛭峰健一和森川律师互不相让，嗓门儿不知不觉地格外响亮。

"怎么啦？到底发生什么啦？"

虽看不见人影，但蛭峰健作老人的声音来自他们头顶上。他还没睡，可能觉得楼下说话声跟自己有关，走出卧室来到走廊上。蛭峰健一吃惊地抬起头循声望去，表情霎时慌张起来，但转眼又恢复原来模样。

“太好了！父亲好像还没睡，你就上去吧！”

森川律师得到许可急急匆匆上楼了，蛭峰健一目送他的背影消失后，下楼请大家去客厅。

“你爸爸大概身体好多了，不是嘛，他刚才还离开卧室来到走廊上。”

明智小五郎主动问蛭峰健一。

“父亲虽然不太能走动，可非常要强，当决定把财产分一半给隔壁堂弟堂妹的愿望实现时，也许心放宽了，病情也就好多了。”

说到这里，蛭峰健一的脸上又出现了皮笑肉不笑的表情。

“今天下午我们进行了轮椅车实验，根据父亲愿望定做了一辆轮椅车。父亲坐在新轮椅车上，靠自己转动轮子上了电梯。现在，他可以坐在轮椅上按动‘开’和‘关’按钮。二楼也好，一楼也好，哪儿都可以自己去。”

蛭峰健一和明智小五郎的这番对话，蛭峰良助和鸠野桂子、鸠野芳夫夫妻俩都在认真地听着。协议失窃对于这对兄妹来说似乎是莫大的打击，脸上布满了惶惶不安的表情。

这时穴山弓子进来了，也察觉到楼下有说话声下楼来了。她和鸠野芳夫夫妇俩聊了一会儿，脸转向明智小五郎，表情跟能乐面具一样很冷漠。

“刚才鸠野芳夫告诉我说，凶手又出现了。明智君，这是真的吗？你这不是在把我们当傻瓜耍我们好看吗？请问，你们究竟在调查什么？像那样的妖怪到底是真还是假？我已经受不了啦。”

穴山弓子说话时似乎没嚅动嘴巴，毫不留情地责备明智小五郎。与那张没有表情的脸形成反差的是，说起话来措辞十分激烈。

“不用说，凶手是跟我们一样的人。猿田管家遭毒打，蛭峰康造被枪杀，后院里还留下清楚的脚印。”

明智小五郎言不由衷地说道。作为侦探，有时出于战术需要不得不说些假话，以造成让大家相信凶手来自外面的假象。而雪上脚印是假的这一情况，除明智小五郎以外仅中村警长和森川律师清楚。

“不过，我总感到奇怪呀！看见身穿大衣的人怎么老是猿田管家呢！作为著名侦探明智小五郎，难道你就没亲眼见过？再说那家伙只是在猿田管家面前出现……而鸠野芳夫也只看见凶手从门帘交会处间隙伸出手枪。就说今天晚上发生的证书失窃事件吧，森川五郎律师并没看见盗贼。而看见盗贼的，又是猿田老管家一个人。为什么老是他看见凶手呢？”

这个长得身材矮小的穴山弓子似乎比男人们聪明得多，一针见血地直捣问题的本质。

“那情况我心里也清楚，一直是在考虑这一情况的基础上展开侦查的。但凶手十分狡猾，作案手法可以说是天衣无缝。跟这样的歹徒打交道，必须斗智斗勇。”

明智小五郎的这番回答，似乎使穴山弓子暂时得到了满足。她点点头走了。

这时，上楼和蛭峰健作老人说完话下来的森川律师出现了。

明智小五郎看见他下来，急忙走到他身边小声问道："怎么样？是否决定再签订一份协议？"

"是的，他要我今晚连夜送到他房间。那份协议副本在事务所里，我必须马上把它取来。"

"声音轻一点儿……我不想让大家听见。森川君，证书上必须盖上老人的印章。你去三楼后我考虑过了，最好再等两三天，一定要延长他的盖章时间！这是有原因的。"

明智小五郎的脸上浮现出少有的紧张神情。

"可老人说今晚无论如何要在协议上盖章，再说我也答应了……"

"那好，我去说服他！必须让他打消这个念头！你跟我一起去……"

明智小五郎说完催促森川律师来到电梯跟前。

"为什么不行？"

"有危险。盗贼是冒生命危险盗走协议的，其目的显然是不愿分割财产。如果这回再盖章，我不知道将会出现什么样的局面。我们如果不让他马上盖章，他的生命就不会有危险……"

他俩乘上电梯来到三楼。

"如果有危险我也会劝他停止……哎，你大概已经知道那个危险人物是谁了吧？”

“是的，可目前只停留在推理阶段。由于没有掌握确凿的证据，能否再过一段时间问我？”

“刚才你和穴山弓子说什么了？两个人脸上的表情都非常认真。”

“嗯，我是想让客厅里的所有人都深信不疑凶手是来自外部。当然，他们半信半疑，似乎都觉得凶手来自内部，而相互猜疑。但我们至少要让那些人停止这样的猜测，深信凶手来自外部，还有必须让他们觉得警方正在外面全力搜查。我这样做，目的是让凶手放心。”

电梯停在三楼，两个人走出电梯后赶紧敲响蛭峰健作的房门。

面红耳赤

“请进！”房间里传来蛭峰健作的声音。

“明智小五郎说他有重要情况向您通报……”森川律师用抱歉的口气说道。

“啊，是明智君吗？这么晚还劳驾你光临，真辛苦你了！”

蛭峰健作老人靠在椅子上，用眼神示意他俩坐下。

“您看上去气色好多了，身体恢复比什么都重要。”

“哈哈……谢谢。如果真像你们说的这样，那我还能多活一段时间。”

蛭峰健作第一次发出爽朗的笑声。

明智小五郎立刻道明来意：“我来您这里是想拜托您一件事。虽然我有足够理由说服您按我说的做，可目前又不能说出理由的具体内容，真过意不去。但无论如何得请您按我说的做，并且请您别问理由。”

“找我原来是这事，真有趣！到底是怎么回事？”

“我刚才在楼下问森川君，他说您让他回事务所取协议副本，并说您决定连夜把章盖上，可我想请您收回这一决定。我刚才说过不能告诉您理由。但请相信，我的这一要求有着非常重要的原因。”

“嗯，什么重要原因？”

“这不能说，只是请您现在不盖章，但不是永远不盖章，而是延缓两三天后再盖，就两三天时间。”

“啊，啊，就两三天吗？那我能做到。医生刚刚说了，半个月里我不会有大的危险。可是……”

“请您相信我！这根本不是坏事……而是好事！”

明智小五郎充满诚意的话，似乎让老人动心了。

“那就信你一回吧！虽不清楚是什么理由，但我相信你的，按你说的做不会有错。森川君，副本就别去事务所取了，放几天再说吧！”

他俩赶紧向老人行礼道别离开房间。

“终于放心了！老人如果不同意，我只能喊中村警长来这里一起通宵达旦地保卫了。”

“这老人是一个非常知书达理的人！我那么无理的要求，他却能善解我的好意并同意按我说的做。哎，他有轮椅车了吧？坐上轮椅车在住宅里转转，心情一定十分舒畅。”

他俩返回一楼客厅，见蛭峰良助、鸠野桂子夫妇和蛭峰丈二正在等候着。

“今晚就到这里！我们回去了！也请大家休息吧！”

明智小五郎拿起放在那里的风衣和帽子。

“三楼的大伯你们见到了吗？最后究竟做出了什么决定？”

蛭峰良助不客气地追问。

明智小五郎犹豫了片刻，随后像做出什么重大决定似的，说道：“实际情况是这样的。老人中止了重新签订协议和盖章的决定，说要考虑一段时间再说。”

明智小五郎这么说完迅速走出客厅，片刻传来玄关门的关闭声响。

蛭峰良助顿时焦急起来，缠着森川律师，担心自己会变成乞丐，私欲膨胀使他的表情瞬间变得十分凶恶起来。

“是真的。老人说，过一段时间再做出是否重新签订协议的决定。”

“我不信，伯父不可能说那种话，你们肯定是变着法儿哄骗我们，是这样吧？我要去见伯父当面核实究竟是怎么回事。”

他说完突然朝门外跑去。

一直在旁边注视着他的蛭峰丈二，这时脸上的表情也猛然变得凶狠起来，紧随其后蹿向走廊，一边跑一边大声嚷嚷：“喂，良助君，你打算威胁我患病的父亲吗？不要去！我不同意！我不会同意你欺负我的父亲。”

可当蛭峰丈二赶上去的时候，蛭峰良助已经蹿入电梯按了

“关”的按钮。蛭峰丈二只能眼巴巴地看着电梯门自动关上，随着咔嚓一声，电梯朝三楼上升。

蛭峰丈二赶紧跑到楼梯口，三步并为两步地跑向三楼，嘴里不停叫嚷：“良助君，站住！你要是靠近我父亲，那我就……”

森川律师见两家人反目成仇，再次感到惊讶。

鸠野芳夫看到这一情景后神色木然，片刻也许觉得不能这样听之任之，悄悄地问森川律师：“森川君，我们是否一起去劝劝架呢，也许他俩会做出粗鲁举动！你我可不能袖手旁观啊。”

森川律师和鸠野芳夫跑到三楼老人房间时，抢先赶到的蛭峰健一已经阻止了蛭峰良助。只见他叉开双腿站在蛭峰良助和坐在沙发上的蛭峰健作老人之间，脸上布满和平时一样的冷冰冰的表情，瞪大眼睛注视着蛭峰良助，身边还有弟弟蛭峰丈二助威。

“你给我出去！今天晚上不管说什么都不行！听见了吗？快出去！”

蛭峰健一的声音威严得让人直想打哆嗦。

“不，不必出去。”蛭峰健作老人郑重其事地说，声音在房间里回响。

“我暂时不在证书上盖章，想听听良助君的意见。”

蛭峰健一听见父亲这么说，只得叹了口气闪开身体。

蛭峰良助瞅准机会赶紧跑到老人身边说：“伯父，您真改变决定了吗？我万没想到您会做出这种决定。”

“喂，我父亲是下决心改变决定的。怎么，不可以吗？我父亲就不能做出这决定吗？”

蛭峰丈二盛气凌人，步步紧逼。

“良助君，不是改变决定，是过一段时间再说，没有其他什么原因。”

蛭峰健作老人有气无力的声音里充满了责备的语气。

“你是说暂时不盖章？有那必要吗？为什么要过一段时间再说？”

蛭峰良助一个劲儿地追问，紧缠着不放，嗓门儿渐渐也大了起来：“我迄今为止一直信任着伯父，深信伯父是个公平、公正的长辈。在大是大非的问题上，伯父比我父亲有远见，所以一直很尊敬您，可是……”

“良助君，这里面有着暂时不能盖章的理由，我想选择更公正的做法。”

蛭峰健作老人没有解释，其实，他本人也不清楚真正的理由是什么，但又不能说出自己是根据明智小五郎的建议做出决定的。

蛭峰良助径直走到老人跟前说：“伯父，您在撒谎！您是舍不得那一半财产吧？”

“不，你说错了，可不管你说什么，我的决心不会变，我也没说过不分财产给你们，只是过一段时间再说而已，就是这理由。”

“啊，啊，我明白了。这是一篇有计划的表面文章，从一开始就是哄骗。那份证书现在失窃了，伯父一定放心了吧？

尽管说过把财产分一半给我们，可那只是做表面文章而已。我父亲被害，您肯定做过什么对不起我父亲的事情。为了蒙混过关，为了在自己脸上抹金而说一些冠冕堂皇的话。”

蛭峰健作老人听了，额头上鼓起青筋，眼睛里射出愤怒的目光。他被蛭峰良助的话激怒了。

“爸爸，您别把良助君的话往心里去，财产的事您想怎么做就怎么做，别理他。”

蛭峰丈二完全误解促使父亲下决心暂时不盖章的理由，按自己想的解释。

“在协议上盖章那样的决定，从一开始就弄错了。所有财产都是我父亲的，谁都别争，健一哥哥和我也……”

听到这里，蛭峰健作老人憋在心里的火终于像火山一样爆发了，他打断了次子蛭峰丈二的说话，声音颤抖着大发雷霆：“丈二，照这么说，你们兄弟俩是不希望分给堂弟堂妹一半财产，而是想把财产全部变成你们兄弟俩的？”

蛭峰丈二受到父亲怒吼似的责问，但似乎并没有真正在意，脸上还是像刚才那样一副理所当然满不在乎的表情：

“是呀！爷爷遗嘱上不就是这样写的吗？爸爸一点儿也没做过问心有愧的事情，即便把全部财产据为己有也是对的。”

蛭峰健作老人已经不想再对次子说什么，转过脸朝着长子蛭峰健一问道：“健一，你和丈二是一样的观点吗？”

“嗯，虽说不完全相同，但我觉得这问题重大，希望父亲慎重考虑后再做出决定。为希望得到别人说你公平、慈悲的评价，就轻易放弃好不容易得来的正当权利，我觉得不是聪明做法。”

“你的意思，也不赞成分财产？”

“也未必那样，只是……”

“住嘴！我不想再听你说了！你们兄弟俩说得也够多了，哼！居然都是没有仁慈心的家伙！我已经全考虑好了该怎么做！现在，良助骂我做表面文章，贪得无厌。是啊，我的两个儿子因为贪婪的欲望而变得无情无义……你们这些没有仁慈心的家伙，再跟你们说也是浪费口舌……森川君！”

见老人极度愤慨，蛭峰健一兄弟俩和蛭峰良助都紧闭着嘴，谁也不说话。

“森川君，请你代我向明智小五郎先生道个歉！我已经忍耐不住了，还是按我原来想好的做，现在不管什么人再说都不管用。我这回是吃了秤砣铁了心，就按一开始决定的办。

“明智君好像经过深思熟虑后让我改变主意，可我现在不能那样做。立即盖章吧！对不起，请你马上回律师事务所把副本取来……喂，你们刚才说了许多，但都动摇不了我的决心！

“我这样做也不是谁指使的，是我自己想盖章。好了，森川君，辛苦你跑一趟，把副本取来！越快越好！”

事情发展到这种局面，不管谁劝都已无济于事，就连蛭峰健一和蛭峰丈二也把眼睛望向地面，不再吭声。

森川律师见老人态度坚决，只得按委托人要求回事务所取副本。

电梯惨剧

森川律师事务所坐落在和服大桥那里的东亚大厦三楼。

森川律师乘出租车一到达大厦门口便跳下车，按响后门门铃，叫醒值夜班的保安人员。

深夜的大厦里静悄悄的，一个人也没有。他用钥匙打开三楼事务所的门，房间最里面是黑得发亮的保险柜，协议副本就放在里面。

森川律师没有朝保险柜走去，而是拿起办公桌上的电话机欲与明智小五郎取得联系，可一连拨了好几次，电话就是不通。

“难道他睡了？”

这么晚了，电话不可能占线，大概是电话线路发生故障。森川律师又等了一会儿，结果还是拨不通，心里不由得焦急起来。

明智小五郎之前曾再三叮嘱自己，千万不能瞒着他让蛭峰健作老人在协议上盖章，看来只有抓紧时间坐车去他家里了。

他打算出发前稍稍歇一会儿，便坐到椅子上，从口袋里取出烟盒，把烟叼在嘴里。

莫非连副本也被盗走了？

他的脑袋里突然掠过这么一个念头，全身不由得哆嗦了一下，仿佛黑影就隐蔽在保险柜那里紧盯着自己。

他转动着脸朝四周张望，那几张空桌椅沐浴在灯光下，都是那么冷冰冰的。

他还是放心不下，总觉得有黑影魔鬼在忽隐忽现。

房间里其实根本就没人，不仅房间里，就连整幢大厦也是静悄悄的。

他熄灭烟头，下定决心似的走到保险柜跟前，转动密码后插入钥匙。

沉重的保险柜门开了，里面是一排排整整齐齐的木制抽屉。森川律师拉开其中一个抽屉，那叠文件最上面的协议副本正安然无恙地放着。

他一看到副本禁不住笑了，觉得自己神经过敏，傻得有点儿莫名其妙。

他翻开副本看了一遍，小心翼翼地放在公文包里，随手啪地关上保险柜，又返回桌前拨电话，看看电话线路通了没有。

不料刚拨完号码，电话那头便传来清脆的声音：“顾客好！我这里是明智侦探事务所，请问您是哪位？”

“哦，是小林君吗？我是森川五郎，有急事！你家先生在吗？”

“他在，请稍等片刻。”

助手小林芳雄放下电话听筒后喊明智小五郎去了，片刻后从听筒里传出明智小五郎疲倦的声音。

“怎么啦？是不是发生什么情况啦？”

“怎么，已经睡了？这么晚喊醒你，实在对不起。从你走后他们堂兄弟之间发生了争执，蛭峰老人无论如何要在协议副本上盖章。”

“这么说，他变卦了？到底怎么回事？”

“你走了以后，他们争吵得面红耳赤……”

森川律师简明扼要地讲述了蛭峰老人大动肝火的经过。

“那家伙真让人伤脑筋。”

说到这里，明智小五郎突然停住没继续往下说，手拿着听筒像在考虑什么，片刻电话里又传来爽快的声音：“森川君，你别理他们，回家睡觉去！明天敷衍一下就行了。总之，你今晚无论如何不能去！我想请你躲过今天晚上！”

“那怎么行？我是律师，职业道德不允许我这样对待委托人。倘若老人今晚心脏病发作了怎么办？当律师的，首先是讲信誉。一旦接受委托，不管遇上什么都必须尽心尽职。万一老人有个三长两短，我岂不是违背老人的意愿，也对不起将变得身无分文的老人家属。我必须尊重老人的要求。”

“你原来是这么想的，说得也对，这可真是没办法的办法了。那，今晚就别睡了，我现在就去老人那里，路途远，也许需要一些时间。在我没到达前，你千万别让老人盖章，一定别忘了这一点。切记！切记！拜托啦！不然的话，也许就会……肯定是那样结果。森川君，对不起，赶紧去老人那里，越快越好！我也会火速赶到那里。说不定已经迟了……最好别发生什么，在我到那里前，你周围可能会发生什么，也许你防不住。”

明智小五郎一字一句地说着，显得十分焦急，嗓门儿也随之高了起来。

“你说会发生什么？肯定吗？我不怕！教教我防身办法。”

“会发生什么，现在一时还说不上来，所以才为你担心。对手是一个自暴自弃的家伙，也许还会产生更过激的行为，而另一个家伙有智有勇，无法想象他到底采用什么方法。你本人千万别大意，一定要十二分小心！到了那里，不管遇上什么，即便是一丁点儿事情也要加倍注意，而且要等我到达那里再说，好吗？记住了吗？”

挂断电话，森川律师不由得扫视了整个房间，眼前不时浮现猿田管家模仿的那个凶手的样子。

从未慌张过的明智小五郎居然也如此提心吊胆，看来此事绝非小事，危险已经迫在眉睫，且不是一般危险。今天从自己手里夺走那份协议的，也是那个凶手，好在自己当时正打瞌睡才免遭毒手，如果当时是醒着的，说不定与猿田管家一样会被击倒在地。不，可能就像蛭峰康造那样死在那家伙手里了。

森川律师猛然觉得全身血液一下都涌上了脑门，头晕，脚软。他努力让自己稍稍镇定下来，准备出门，可大脑仍不停地思索。

那家伙知道他会出门去三角馆，可能就埋伏在走廊暗处等他钻自己的圈套呢。森川律师此刻连推事务所的门都感到格外恐怖。

可走廊空荡荡的，当跨出大门乘上出租车后，他才松了一口气，不一会儿车停在三角馆门口，一看手表已经是半夜十二点多了。

森川律师走进玄关，右侧门玻璃上映照着蛭峰健一的高高的影子，好像在等森川律师返回。

森川五郎一边朝里走一边大声问道："你爸爸心情怎么样？还坚持盖章吗？"

"是的。"蛭峰健一还是平时的那副表情，说话语气生硬。

"我觉得并不一定要在今天晚上，可你爸爸态度强硬，实在是拗不过他。"

"是的，不管谁都说服不了他！他既然那么说就由他吧！"蛭峰健一冷冷地说道。

这时，客厅门开了，弟弟蛭峰丈二出来了，脸上过于激动的神情似乎还没消失，神经质地转动着眼珠。

"你把协议副本拿来了？又不是没有敷衍推脱的办法！比如说忘了放在哪里什么的……这么深更半夜的，盖什么章呀，律师你觉得正常吗？"

"我不能撒谎。你父亲是深思熟虑后决定的。作为律师，我必须按委托人说的办。”

“既然你那么想，那我们也不能阻拦你。”蛭峰丈二临走时说了这么一句，哼了一声不知去哪里了。

蛭峰健一没有介意弟弟说什么，对森川律师说：“父亲说一见到你回来要我立刻通知他。他疑心别人耍阴谋，担心别人和你见面谈点儿什么。他还故意把电梯固定在三楼，不让电梯下来，说不让隔壁堂弟堂妹和我们去他那里。还说你一到，要我用室内电话告诉他。父亲身边有姨妈陪着，一接到电话会坐轮椅乘电梯下来见你，说等到隔壁堂弟堂妹和我们都在客厅里到齐时再和你见面。”

蛭峰健一一边说一边走进客厅，随手取过电话听筒，森川律师见状立即按住他的手说：“请等一下！明智小五郎马上来这里，等他到这里后再通知你父亲。”

听森川律师这么一说，蛭峰健一便把听筒放回电话机上。

就在这时候，电话铃声尖叫起来，蛭峰健一伸长手取过听筒：“是的……已经到了，好，森川君，是父亲打来的，让你接电话。”

森川律师接过话筒，传来蛭峰健作老人充满力量的声音：“是森川君吗？”

“是的，我是森川五郎，副本拿来了，可要请您等一会儿，明智小五郎说他马上就到，我想等他到了以后再说！”

“明白了，你让健一通知良助君和他妹妹桂子在客厅集合，我也坐电梯下楼和大家一块儿在客厅里等。”

“好，我这就按您的吩咐通知健一君。”

森川律师挂断电话时有人走进客厅，是鸠野芳夫。

蛭峰健一脸朝着鸠野芳夫说："啊，是芳夫君，我正想去通知你呢！森川君已经把协议副本拿来了，父亲让我通知大家在客厅里集合，他也立即下楼来。"

"是吗？太巧了。"

鸠野芳夫走到森川律师跟前打招呼。

"健一君，你父亲说让你通知良助君和他妹妹到客厅里集合……"

"健一君，我去喊他们来！"

鸠野芳夫听森川律师这么一说，抢在蛭峰健一前面站起来，可蛭峰健一不知何故不让他通知："不，还是我去喊，父亲是吩咐我的，我马上就回来。"

他急匆匆地离开房间走了。由于老人的原因，电梯停在三楼下不来，他无法穿过一楼电梯门去隔壁住宅，只得从玄关绕到那里。

客厅里就剩下森川律师和鸠野芳夫，两个人无拘无束地聊天。

玄关的门铃突然大声地响起来，森川律师开门一看，是明智小五郎来了。

"我又来了，你们家老人好像不打算让我们睡觉。瞧，过十二点了。"

一进入客厅，明智小五郎就笑着朝鸠野芳夫打招呼。·

"森川君，走，去老人房间！"

"不行，那辆轮椅车呀！唉，老人让别人把自己连同轮椅车推到电梯里，然后亲自乘坐电梯下楼，还说把隔壁的兄妹俩喊到这边客厅里，当着众人面在证书上盖章。刚才，蛭峰健一去喊蛭峰良助和鸠野桂子了！”

“嗯，老人的想法还真有点儿怪，是不是觉得轮椅车稀奇想坐着试乘电梯。”

明智小五郎不知为什么不安起来，紧锁着眉头。

“老人是什么时候决定的？森川君来这里前你们已经知道了吗？”

“嗯，森川君取协议离开不一会儿，老人就决定了。伯父有了轮椅车可以自己来客厅了，要我们在他出现时都聚集在客厅里。”

“森川君，这办法最好取消，应该是我们去蛭峰健作老人房间。既然电梯不下来，那我们就走楼梯上去！”

明智小五郎说完走在前面正要离开客厅，却已经迟了一步，传来电梯下降的响声。

他已经感觉到凶多吉少，赶紧跑出房间横穿廊厅，朝电梯那里跑去。

电梯运行的响声越来越近，听声音电梯已经过了二楼。蛭峰健作老人乘坐在轮椅车上，好像是独自一人按开关下楼的，机械声不间断地响着，随着清脆的一声，电梯停在了一楼。

三个人耐心地等待蛭峰健作老人在里面开门。

可过了好长时间门都没开，也没传来“关”的按钮声响。看样子，电梯里的蛭峰健作在等电梯外面的人开门。

三个人互相对视了一眼。

明智小五郎赶紧把手搭在门上，于是电梯门猛地开了，由于是老式电梯，里面还有一道铁门，透过间隙朝里窥视，他顿时傻眼了，直愣愣地站在那里。

“怎么啦？门推不开吗？”鸠野芳夫问。

明智小五郎的右手握着铁门把手，身体没有动弹。

“怎么回事？我来试试。”

森川律师轻轻推开明智小五郎，攥住把手。

不料，森川律师也傻眼了，电梯里的情况全映入到他的眼帘。他同明智小五郎一样站着发愣，两条腿还不停地打哆嗦。

蛭峰健作老人耷拉着脑袋无精打采地坐在轮椅上，从肩膀覆盖到膝盖的披风被鲜血染成了红色。他被杀害了。

内部摸排

森川律师后来经常像做梦那样回忆起那天触目惊心的情景，可当时到底是谁做了什么以及谁说了什么，几乎一点儿都想不起来了。

蛭峰健作老人似乎背部弯曲成九十度直角，脸朝地面。洁白的披肩上渗透了大量鲜血，后脖颈上插着一把古老的匕首，刀尾裸露在外，不知为什么刀尾上没有手柄，而是光秃秃的铁制刀尾。

当时那幅惨不忍睹的画面，森川律师至今仍历历在目。

“啊……完了，脉搏没有了，他已经死了！”明智小五郎大声嚷道。

“这，太狠毒了！”鸠野芳夫也忍不住大声喊道。

森川律师只记得当时自己的身体在摇晃，是鸠野芳夫一把搀住他的手臂。

“镇静，镇静，别倒下！”

随后，明智小五郎和鸠野芳夫在一起不知说了些什么。

忽然，电梯里另一侧门开了，是蛭峰良助。他一看见老人尸体像疯了似的，张着嘴，瞪着眼睛，浑身直打哆嗦。

“喂，别从那里进电梯！从玄关绕过来！”明智小五郎大声吼道。

电梯铃不停地响了起来，有人在楼上按铃。

“你们站在这里别移动轮椅，也别让任何人进电梯！”明智小五郎厉声说道，随后赶紧朝楼梯跑去。

明智小五郎前脚刚走，蛭峰健一带着鸠野桂子后脚来到这里。鸠野桂子一看见这情景，嘴里嘟嘟囔囔不知说了些什么，接着号啕大哭起来。

蛭峰健一只是眉头动了一下，并没怎么吃惊，还是平时那副冷冰冰的表情，两眼紧盯着电梯里的情景。

鸠野芳夫跑到妻子身边，安慰似的轻叩她的肩膀，小声说着什么。

这时，明智小五郎带着蛭峰丈二和穴山弓子赶来了。

“诸位，我刚才已经给警视厅拨了电话，中村警长他们马上赶到这里。在他们没来之前，任何人不准用手触摸老人的身体。森川君，能挺住吧！请你站在这里保护尸体！”明智小五郎只让森川律师留在尸体旁边，把其他人领到客厅。

客厅里只有一盏台灯，光线不怎么强，照得房间蒙蒙亮。

地上和墙上出现了这些家人惶恐不安的投影，他们各自找椅子坐下，全失去了往日的镇定。有瞪着眼发呆的，有相互交头接耳的。明智小五郎抓住时机“啪”地打开电源开关。房间里顿时亮如白昼，男人们脸色惨白，女人们哭丧着脸。

“穴山弓子！”明智小五郎突然朝穴山弓子发问，“电梯一直停在三楼吗？蛭峰健作老人与健一君和森川君通完电话后，是你把老人扶到轮椅上推到电梯里的吧？请你把当时情况按顺序尽可能详细地说一遍！”

穴子弓子尽管在抽泣，可脸上依然毫无表情，仿佛能乐面具在流泪。

“他接电话说话的声音，我听得很清楚，于是我去他的房间扶他坐到轮椅上。不知为什么他显得非常着急，一再催促我快些快些。于是，我赶紧推着轮椅离开房间送他到电梯里。”

“当时，走廊上有什么人吗？”

“一个人也没有，只有我俩。”

“你把轮椅推入电梯关上门后，有没有听见奇怪响声？我指的是从电梯里传出的声音。”

“没有，除电梯里的机械声外没听见其他响声。”

明智小五郎转向蛭峰丈二问道：“丈二君，我去二楼图书室喊你时你在图书室吗？你说你在图书室里待了十五分钟左右，那段时间你是否察觉到了什么？有没有听见走廊上的脚步声或其他声音？”

不料脸色苍白的蛭峰丈二情绪非常激动，语气极不耐烦：“没有，没有察觉到什么。”

“那么，听到电梯运行的响声了吧？”

“嗯，也许听见了，但我被书的内容吸引住了……”

“健一君，你有没有察觉到什么？电梯下来的时候你在哪里？”

蛭峰健一仍旧是冷若冰霜的表情，歪着嘴回答：“是啊，我也不清楚当时自己到底在哪里！接到父亲打来的电话后，我就从玄关绕过去喊隔壁住宅的良助君和桂子，在二楼的楼梯那里遇见猿田管家。我问他良助君是否在房间里，猿田管家说不在。”

一听这话，蛭峰良助急忙说：“我就在楼下的客厅里等他们来喊我，我还看见你穿过廊厅上二楼的，当时你如果稍稍看一下客厅就好了！”

“你要是在客厅里，为什么不喊我呢？我又不知道，所以想上二楼你的房间找你，可你不在，我只好上三楼去桂子的房间，我是跟她一起到这里的！”

明智小五郎将视线移向鸠野桂子。

“桂子小姐，你大概知道有人会通知你来这里的吧？”

鸠野桂子移开捂在眼睛上的手帕，漂亮的脸蛋上好像刹那间憔悴了许多。也许是为父亲和伯父的死而难过，但又不像是为两位长辈的死而悲痛。

如果她是为无法分到遗产而痛苦，那就奇怪了！因为丈夫鸠野芳夫经营着一家生意红火的证券公司，用钱根本不必犯愁。那么，她到底为什么如此伤感呢？

这时，警视厅的中村警长带着部下赶来了，有警官把守电梯。森川律师这才得以脱身走进客厅，凑巧遇上明智小五郎询问鸠野桂子，于是坐到角落里的椅子上，紧盯着她的侧脸。

森川律师从最初拜访这幢三角馆以来，已经多次听到鸠野桂子与蛭峰丈二之间的对话，从她憔悴的面容来看，可能是与蛭峰丈二之间发生了不快。

森川律师根据了解的情况分析，蛭峰丈二和鸠野桂子经常起争执，然后再和好。不知道他俩之间这回又发生了什么，看来他俩交往的背后隐藏着什么秘密。

无柄匕首

明智小五郎又问蛭峰健一："你是什么时候听到电梯降落响声的？是在走进桂子卧室之前还是之后？"

"是在走进桂子卧室前。是的，确实是走进她卧室之前，也就是我从二楼上到三楼的时候。我带着桂子走出房间按响电梯铃时，以为电梯里已经没人了。"

"可你见电梯一直不上去便走楼梯下来，是那样吧？当时你见到谁？"

"没见到谁。"

"桂子小姐，刚才健一君说的话里有说漏掉或弄错的地方吗？"

"没，没有……"

明智小五郎再次朝着穴山弓子发问，问题越来越接近关键的地方了："穴山弓子，我想详细了解轮椅和电梯的情况。听说电梯是按照老人的吩咐一直停在三楼的，其他楼层等候的人再怎么按铃也没用。这，电梯上应该有什么特别装置吧？"

"没有，只是把电梯打开不让它自动关上就行了。只要电梯门关不上，电梯就不会自动升降。"

"啊，原来是这么回事。也就是说，朝着蛭峰健作住宅的电梯门是一直敞开的，而朝着隔壁住宅鸠野夫妇俩房间的电梯门是关闭的，是这样吧？"

"是的。"

"没弄错吗？"

"嗯，确实是那样的。"

"于是……你扶蛭峰健作老人坐上轮椅，连同轮椅推他到电梯里的。你是怎样把轮椅推入电梯的？是你先进去把轮椅拉入电梯？还是直接把轮椅推入电梯？"

"我不需要先进到电梯里，因为白天里试过好几回了，只要朝里推就行。为使轮椅进入电梯后不晃动，在轮椅上安装了刹车固定夹。我把轮椅推入电梯，只要乘坐人握紧刹车固定夹就可以了。"

"蛭峰健作老人的脸是朝着这边门的，也就是说轮椅是倒着进入电梯里的。那么，你是让老人背朝电梯进入电梯的吧？"

"是的。我先是握着轮椅背后的横竿推着走的，可到达电梯门前是让轮椅倒着进去的。"

"啊，照这么说，你没走进电梯？"明智小五郎紧盯着穴山弓子的脸问道。

“是的。”穴山弓子回答时面不改色。

“在推轮椅进电梯前，你仔细打量过电梯吗？”

“打量过。”

“发现过什么不同寻常的情况吗？有没有人藏在电梯角落里……”

“如果有人肯定能看见，因为电梯里有灯。再说轮椅一进入电梯，里面几乎就没空间了。总之，是藏不住人的。”

“对面住宅出入口不光有铁门，外面还有玻璃门，是不是都关上了？”

“是的，都关上了，也没有手可以从对面伸入电梯的间隙。”

“电梯运行时发出很响的声音，是吧？它开始启动和停止时会发出声音，电梯下降过程中也会传出响声。刚才电梯运转时这种声音没间断过，我和森川君还有芳夫君也都听见了。这说明电梯从三楼下降到一楼的过程中并没有停过。”

“是的，确实是没停过。”

站在鸠野桂子旁边的鸠野芳夫为明智小五郎证明。

案情越来越复杂了。电梯离开三楼时蛭峰老人一切正常，再说电梯里没有人，何况途中也没停过，是直接到达一楼的。就在这短短几秒钟的时间里，匕首却插入老人的脖子。根本不可能的事情就这样发生了。

这时，调查电梯的中村警长进来了。

“哦，辛苦了！中村警长，死因还是那把匕首吧？”明智小五郎第一个发现他进来，赶紧打招呼。

“是的，极其简单！杀人凶器是一把匕首，刺在这里。”

中村警长用手指着自己脖子的左下侧。

“主动脉被割断后形成大出血，仅几秒钟时间就气绝身亡了。蛭峰健作老人患有心绞痛，即便不是这样的重伤，精神上一旦受打击也会送命。主动脉被割断是致命伤，从伤口来看不像是费很大劲儿将匕首刺入死者脖子的。但刀刃锋利，可能不需要过分用力。”

“你手上拿着的就是那把匕首吧？”

“是的。”

中村警长递上拿在手中的匕首，形状细长，裹有黑布。

明智小五郎接过匕首放在桌上小心翼翼地打开。

大家围着明智小五郎和中村警长，全神贯注地听他俩对话。

明智小五郎取出那把匕首饶有兴趣地上下观察，出现在黑布里面的是一把古老的西洋匕首，左右两侧都有刀刃，刀刃长度有三十厘米左右，比一般匕首要重许多，朝左右两侧突出的刀锷有七八厘米，与锋利的匕首刀身形成十字架形状。这把匕首上手柄的位置原来有木柄，好像是被故意取下的。

“指纹情况怎么样？”

“我让技术警官调查过了，没发现。”

明智小五郎用黑布握住刀把，用手指触摸了一下刀尖。

“啊，还真看不出，非常锋利，犹如刮胡刀那么锋利，看来不需用多大力气就能将它插入老人的脖子。”

“为什么没有木制手柄呢？手抓不住，怎么使用这把匕首呢？奇怪！”

“嗯，确实奇怪。为什么要卸下手柄？这原因还真难琢磨。要是廉价的匕首，手柄可轻易取下。但像这样的匕首，不花点儿工夫是很难取下手柄的。”

明智小五郎边说边让大家看这把沾有血迹的匕首。

森川律师觉得明智小五郎手不停地晃动凶器很危险，为他捏了一把汗。

明智小五郎偷偷地看了穴山弓子和鸠野桂子这两个女人一眼，只见她俩丝毫没流露出恐慌的表情。

鸠野桂子眨着泪汪汪的大眼睛，始终盯着那把匕首。穴山弓子仍像往常那样蜡像般的脸上毫无表情，连眉头也不皱一下，只是望着那把匕首茫然站着。

明智小五郎终于不再晃动匕首，朝大家环视了一眼说：“谁见过这把匕首？”

穴山弓子爽快地答道：“这把匕首应该是放在蛭峰康造客厅玻璃橱窗里的。据说是蛭峰健一的爷爷从欧洲人手上买来的，可这把匕首如此锋利还是刚知道。”

“这刀口是最近磨过的，磨的痕迹非常清楚。记得放在玻璃橱窗里的时候，刀把上是装着手柄的。”

“是的，木制手柄上刻有银色的奇怪图案。”

“嗯，手柄果然是被故意取下的！良助君，请你去一下你家客厅，核实那把匕首是否还在。”

蛭峰良助立刻出去了，不一会儿气喘吁吁地回来了。

“没有了！匕首不见了！”

“匕首上的木柄呢？”

“没有。放匕首的地方空荡荡的，像牙齿被拔了似的。”

“嗯，也是就说，有人从蛭峰康造家客厅盗出这把匕首，用它杀了蛭峰健作老人。凶手是在电梯从三楼下降到一楼过程中作案的，凶手知道电梯到达一楼后不可能逃走，因为门口有我们三个……这起案件看来还真难侦破！中村警长，现在是凌晨两点了吧？搜查就到这里结束吧！你看如何？”

“行，我们现场搜查也大致结束了，明天白天再搜一遍！好，各位辛苦了，请回房间休息吧！”中村警长对大家说。

电梯调查

第二天上午，森川律师和明智小五郎来到三角馆后谢绝与两家人见面，径直来到蛭峰健作住过的三楼小房间里。

这里是蛭峰健作老人生前的办公室兼卧室。打开里边的门可径直通向图书室，前门朝着三楼走廊。该房间所处的位置非常好，面积约十六平方米，有办公桌和几把椅子，墙上嵌有保险柜。

明智小五郎在这面积不大的房间里转来转去，手指间夹着他最喜欢抽的埃及烟，鼻子里不断冒烟，他极有耐心地重复着相同的动作。

森川律师坐在椅子上，神色茫然，望着踱方步的明智小五郎。

明智小五郎一直站着，似乎没有想坐下的意思。森川律师见状着急起来，忍不住问道：“明智君，杀害蛭峰康造和杀害蛭峰健作是同一个凶手吗？”

“嗯，应该是同一个凶手，可现在只是推理而已，还不能完全断言。为此我想设一个圈套，这房间就是用来设圈套的，可还需要时间掌握一些证据。昨晚太遗憾了！老人要是再忍耐一下就不至于丧命。唉，可他偏偏要……”

“是的，我也尽了努力。两个老人被害，没让你感到这案子棘手吗？”

“嗯，不用说，事实证明了我的推断！凶手杀害蛭峰健作与杀害蛭峰康造的动机是一致的，因此凶手很快会浮出水面。但摆在我们面前的问题是，如何解开电梯房之谜，为此伤透了脑筋，至今还没找到答案……”

“是啊，解电梯谜不容易！电梯停靠时，电梯房便成了两家之间的通道，一楼二楼三楼都有出入口。现在倒好，电梯房竟成了凶手秘密杀人的现场，真是麻烦透顶！假如弄清楚凶手行凶时两家人各自所在的位置，就可找到他们各自与电梯六个出入口的关系，谜不就解开了吗？”

“你也不必想得那么复杂！只要绘制一张草图就行，我现在就画！”

明智小五郎说完坐到办公桌前，把当时两家人各自所在的位置绘制成一张图纸，解释道：“细长通道是电梯井，右侧是蛭峰健作住宅，左侧是蛭峰康造住宅。电梯从三楼启动后到达一楼的过程中，两家人各自所在位置就是这样的。”

明智小五郎边说边填上每个人的姓名。

“位置不确切的，是蛭峰健一和猿田管家。管家是遇到上二楼的蛭峰健一时朝相反方向走的，多半是在这房间里。好，谜可以解开了，只要根据这张图思考谜就迎刃而解了。”

“原来如此。你这样一画，他们每个人所在位置就清楚了。”

“要说最清楚的，是电梯从三楼到一楼的过程中没停过，这绝对不会有错。至于你说的六个出入口，只要电梯没停，门就不会开。为慎重起见，我拜托中村警长详细检查了电梯门的控制装置，没有发现异常。若在电梯启动过程中开门，那是绝对不可能的。”

“根据当时电梯运作的情况，六个出入口只有两个门有开启的机会。一次是在三楼，即轮椅被推入电梯房的时候。另一次是在一楼，即电梯到达一楼后我们开的门。”

“是的。穴山弓子说电梯停在三楼时里面没人，而电梯到达一楼时我们三个人都在。除亲眼看到蛭峰老人遇害后的尸体外，没见着其他人。”

“等一下！电梯停在一楼时不能说没见着任何人！我们开这边门时，对面门也开了，蛭峰良助不就站在对面门口吗？”

“是的！凶手没有从对面门逃走。如果有人从那边门逃走，应该撞上蛭峰良助。”

“不，不是这样的。蛭峰良助先打开那边门逃离电梯房，等到我们开这边门时故意再开门。我想也许是这样的。”

“你是那么分析的，他们动作能那么神速？不可能！不管怎么眼疾手快，不传出响声是不可能。何况是两道门！如果那

蛭峰健作被害时，两家人各自所在的位置

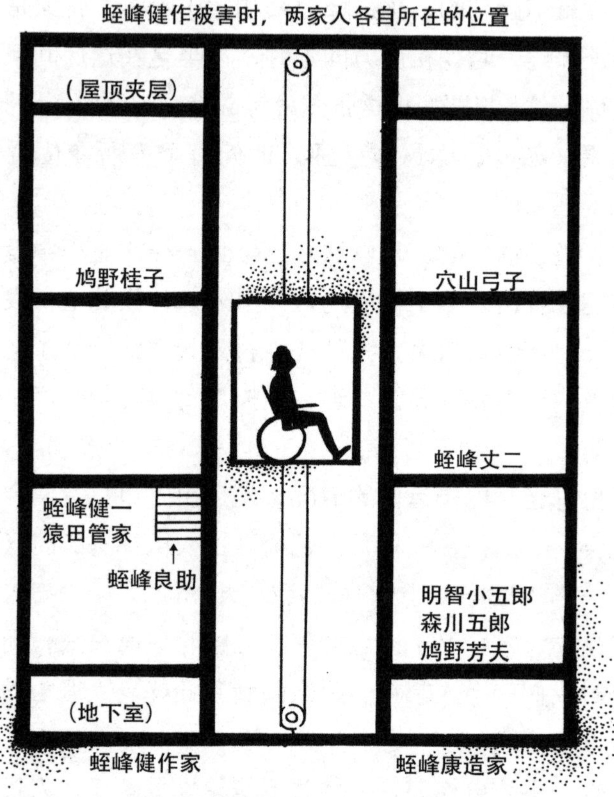

边门一开一关，我们应该能听到响声。”

森川律师好不容易想出的解谜方法，被明智小五郎三句两句否定后半晌没吭声。须臾，他眼睛一亮，张大嘴巴，似乎又有了新的解谜法。

“喂，明智君，我们漏了一个不该疏忽的情况！那电梯里有暗孔！”

“什么？有暗孔？”

“是的，在天花板上！类似这样的小型电梯房，通常房顶上会留有检修孔。那部电梯里应该有那样的检修孔。”

森川律师说到这里，变得越来越自信起来。

“一定是这样的。凶手藏在电梯房顶上，当电梯停在三楼时，房顶与别墅屋顶夹层的地面几乎贴在一起。凶手可从屋顶夹层朝下爬到电梯房顶上，一旦电梯启动，凶手便从检修孔跳到电梯房里，达到目的后又通过检修孔钻到电梯房顶外侧，通过缆绳返回屋顶夹层。“老人坐的轮椅，就是凶手通过别墅夹层进出电梯房顶最适宜的脚手架。我这想法怎么样？”

“嗯，太有趣了。如果有检修孔，那把戏应该行吧？走！看一下再说。”

他俩立刻离开房间，沿楼梯快步来到一楼电梯。

他俩端来一把椅子放在电梯房地面，站在椅子上检查电梯顶。

“有，跟你说的相同，有孔，有盖。你瞧！”

明智小五郎用手朝上一推，顶上出现一个黑色的洞孔。孔盖是边长六十厘米的正方形铁板，靠铰链连接在电梯房顶外侧。边长十厘米的通气方孔中间是两根呈十字交叉的铁杆，将通气孔隔成四个边长五厘米的方格。

明智小五郎点亮打火机，伸到孔盖外面，再探出脑袋朝四周打量。

“喂，森川君，不是你说的那回事！来，你自己瞧！”

森川律师探出脑袋打量电梯顶外侧，那里沾满了灰尘，根本就没有脚印。

无疑，凶手没在电梯顶上留下经过的痕迹。

两个人怏怏而归，回到那间办公室。明智小五郎坐在椅子上，两只手肘支撑在桌上，神情木然，用打火机点燃香烟。森川律师默不作声地坐在一旁似乎在想什么，片刻明智小五郎自言自语起来："电梯到达一楼时没人从电梯里出来，电梯在启动过程中门没开启，凶手也不可能从电梯里出来。可作案现场又没见着凶手影子，奇怪！凶手究竟从哪里逃走的？"

明智小五郎怒不可遏地在烟缸上叩打着烟。

"哎……我明白了！明智君，我有办法了！"

森川五郎突然大声嚷道。

高等数学

“我们不能光考虑电梯启动后的情况，还必须考虑电梯启动前后三楼那里的情况。”

森川律师精神振奋地说。

“据穴山弓子说，她把轮椅推入电梯时没看到电梯里有人，可她并没进去。凶手也许趁穴山弓子不注意时悄悄埋伏进电梯角落里，等穴山弓子关上这边门时立即对老人下毒手，随后从另一边门逃离，接着站在电梯外侧关上那边门。罪犯可以使用这样的办法轻松逃走。”

“那来不及！客观上也不可能！”

“那，怎么办？还有别的解谜方法吗？”

森川律师不顾明智小五郎对自己的否定，继续说道：“我刚才说的是，凶手事先埋伏在电梯房里的情况。如果凶手事先没埋伏在电梯房里，嗯，那情况又会怎样呢？穴山弓子把轮椅推入电梯，虽然电梯房里没别人，可她自己在呀！”

“那，你是说穴山弓子如果是凶手……嗯，不用说，她有作案动机，可以怀疑。假如她为了蛭峰健一和蛭峰丈二，即便牺牲重病的蛭峰健作也不会有丝毫犹豫。因为，她希望把老人的财产全部留给受自己宠爱的两个外甥。不能说她没有这种心情和想法，可她敢在这种场合行凶吗？我看她不敢。”明智小五郎终于嘻嘻笑了。

“我觉得穴山弓子先杀老人再关上电梯门。她是护理老人的，没必要逃走，完成任务后下楼就可以了。”

“你说的那种情况不可能，绝对不可能。”

“为什么？明智君，你就只会说不可能不可能，你说说看到底是怎么回事？”

“凶手事先埋伏在电梯房里刺死老人后逃走，和穴山弓子推轮椅进入电梯后刺死老人再关上电梯门这两种说法，都是不可能的。试想如果都是事先行凶，电梯又怎么启动？不是没人按启动钮了吗？”

“什么，你说什么？”

森川律师听明智小五郎这么一说，不停地眨着眼睛，一脸尴尬的表情，不再开口。

“我要说的解谜法也许是最合适的，同案犯在一楼，凶手在三楼。凶手刺杀老人后关上电梯门，同案犯听到关门声便在一楼按钮让电梯下来。

“自动电梯不管停在哪层楼，一旦门完全关上，其他楼层上的人只要按上或下的键钮，电梯便自动运行。即便老人死了，只要电梯外侧那道门关上了，再加上同案犯在一楼按了呼梯按钮，电梯就会自行启动下到一楼。

“但凶手要那样做，需要同案犯配合。如果有同案犯在一楼配合按钮，就像我绘制的图那样，只有蛭峰良助和假设的凶手穴山弓子，可他俩不是同路人，是处在敌对状态的两个人。如果把他俩视作一伙，显然不合逻辑。

“再者，即便凶手不是穴山弓子或是其他人，蛭峰良助也不可能是帮凶。因为老人的死，最受害的是他，可见他不可能是同案犯。现在说有同案犯，看来还为时太早。”

他俩又沉默了片刻，明智小五郎又用打火机点燃一支烟。

“本案很难侦破，简直迷雾重重。可不管怎样，一定要将凶手绳之以法。我们还得用一些时间再动动脑子，现在要解决的问题不是寻找凶手，而是弄清楚凶手使用什么方法作案。可是，太难了！我觉得很难马上解开……”

森川律师瞪大眼睛一直在思考着什么，片刻后猛然抬起脸说道：“哎，我这办法怎么样？电梯房顶上的那个田字形通气孔不是有四个方格孔吗！我猜想凶手事先埋伏在紧贴着屋顶夹层的电梯顶上，从方格孔将匕首投向老人后颈上。像这样的假设合乎逻辑吗？”

“采用那样的方法，即便飞刀艺人恐怕也难做到。因为五厘米边长的方格孔太小，将匕首穿过那么小的洞孔飞向目标，很难做到。”

明智小五郎立即否定。

“是啊，只能说我又在空想！如果匕首的刀尾和护手的形状不是十字架，可以那么想象。但问题是护手宽度有十多厘米，根本无法穿过边长五厘米的方格孔。哎，我的想法真是太幼稚了，一点儿不切合实际，现在连自己也觉得怪怪的。”

森川律师说完不好意思地笑了。

但明智小五郎没有笑，他的表情瞬间变得严肃起来，沐浴在灯光下的额头变得越发像洁白的玉石，眼睛里的目光变得更加锐利。

“你太过贬低自己了。应该说，一些值得注意的地方已经被你注意到了。虽说五厘米边长的方格孔无法穿过有着十厘米宽护手的匕首，但也并非不可能。这是非常有趣的高等数学题。你知道不剥橘子皮也可吃到橘子肉的原理吗？庙会上有表演魔术的舞台，那些魔术大师常把大于瓶颈好几倍的球塞入瓶里。我想你看过这种表演，不知你是否听说过关于那种魔术的秘密？”

明智小五郎额头沁着汗珠，嘴里嘟嘟囔囔忘我地说着，说完想说的话后不再吭声，双手猛地握紧拳头，眼睛望着天花板。

接着，他颤抖着手从桌子抽屉里取出纸，像画着玩似的在纸上画了起来。一会儿画的是三角形，一会儿画的是正方形，一会儿画的是竖线，一会儿画的是斜线……一张一张不停地画。画满图案的纸被他卷成一团扔在地上，重新拿张白纸接着再画。没多少时间，桌子周围的地上到处是纸团。

森川律师忍不住用眼睛瞟了一下，见明智小五郎正在专心致志地绘制图A，大正方形里有个小正方形，小正方形里画一个“田”字。

明智小五郎用铅笔尖不停地敲打“田”字，最后把它涂成黑色。森川律师目瞪口呆地望着，半晌没开口说话。终于，他明白明智小五郎画的是电梯房顶平面图。

大正方形表示电梯房顶的整体，中间的“田”字方格孔是通气孔。

明智小五郎为使那把护手宽十厘米的匕首从“田”字格孔中间穿过，正聚精会神地思考着。他把笔尖当成匕首，在图纸里穿来穿去。

大约苦思冥想了半个小时后，明智小五郎猛地抬起头来，眼睛里闪烁着兴奋的目光，嗖地直起腰站起身来：“森川君，答案找到了！找到了！走，跟我一起去一下！”

他不由分说，一个箭步跃出房间。

明智小五郎绘制的电梯房顶图

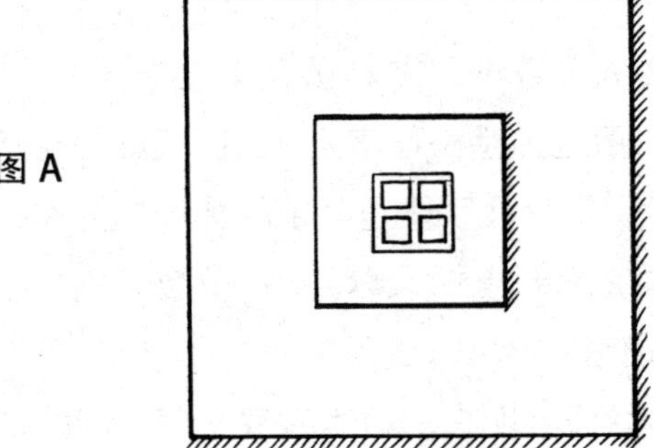

层层剖析

明智小五郎走下楼梯后再次走进一楼电梯房里，那张椅子还在。他迅速站到椅子上点燃打火机，把火光凑到电梯内侧顶部的“田”字格通气孔前，脸几乎贴在上面琢磨着。

“是的！肯定是那么回事！森川君，凶手的魔术秘密终于被我找到了。瞧，也根本谈不上什么魔术，简直是哄骗小孩儿的把戏。算什么高等数学，充其量是庙会舞台上的那种小魔术！不过，凶手采用这种手法作案多半出于无奈。凶手当时的目的很清楚，不管采取什么手段也必须除掉蛭峰健作。”

明智小五郎说完离开电梯又返回刚才的办公室，森川律师则一声不吭地跟在他身后，一回到房间便开口问：“你说了那么一大堆，我根本就没弄明白那魔术到底是怎么回事？”

“可以这么说，蛭峰健作是用自己的手缩短了自己的寿命！”

“什么？照你这么说，那不是自杀吗？”

“不，不是自杀，因为没有自杀的动机！解开这一谜团的启示，是你给我的。护手太宽无法穿过格子，这不是你说的吗？完全是你的功劳！谢谢！”

森川律师眨巴着眼睛发愣，满脸困惑，越发糊涂起来：“你不是说，再怎么考虑也不可能吗？”

“是的，确实不可能。就是因为不可能，成了我解谜的出发点。如果想当然，那是解不开的，必须换逆向思维的方法思考，从其背后迂回考虑，从妨碍穿过洞孔的护手上开动脑筋便可找到答案。

“既然护手宽度不能改变，凶手势必从主观上采取了其他办法。匕首刀尾上为什么缺少了木制手柄？无疑是凶手无法改变这一客观存在，而只得将其拔下。

“通常，没有木制手柄的匕首是无法用手操作的。可像这种田字方格通气孔，木制手柄恰恰是累赘。为什么？把这两种情况综合起来加以考虑，就可轻松找到答案。”

说到这里，明智小五郎又在纸上画了一张图。

“瞧，就成了这样的形状，护手两侧被铁杆挂住不能穿过通气孔。这困难便是解谜的钥匙！

“由此可见，我们得从头考虑。昨天白天商家将轮椅送来后，老人便坐在轮椅上在电梯里进行进出练习。当时在电梯地面安装了固定装置，其目的是不让轮椅晃动。两家的家人都在一旁观看，都知道轮椅进入电梯后不会晃动。这是凶手作案最有利的条件。

“蛭峰健作老人让电梯停在三楼，一个小时里不让任何人使用。这对于凶手来说，是天赐良机。

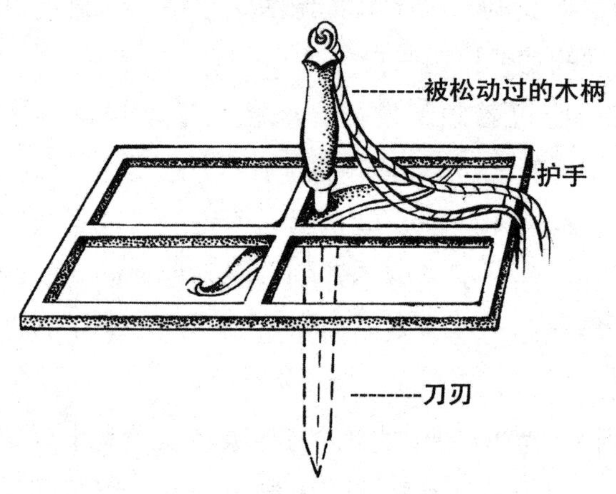

“三楼上面是屋顶夹层，当电梯停在三楼时，电梯顶和屋顶夹层的地面几乎贴在一起。从屋顶夹层窥视电梯井，可以看到电梯房顶的田字形通气孔。由于两者距离很近，手可触及电梯房顶。

“这三项客观条件构成了凶手巧妙作案的魔术秘密。

“凶手根据这三项绝好的客观条件制订了天衣无缝的杀人计划，从蛭峰康造老人住宅偷出那把匕首，把两侧刀刃磨快，再准备长度三米左右的绳索或铁丝。说到这里，你应该明白我接下来要说的是什么了吧？”

明智小五郎停顿片刻，观察森川律师的脸。

“不，我还是不明白，请继续说！”

“那好，我继续说！就从匕首刀尾上如何拔掉木制手柄说起。凶手准备了结实的绳索或铁丝后爬上屋顶夹层，来到电梯房顶外侧，把绳索或铁丝一端牢牢地系在电梯井侧，再把绳索或铁丝另一端穿过电梯房顶通气孔垂在田字形方格孔里。电梯在三楼停一个小时左右的时间段里，做这些准备工作绰绰有余。

“再接着，凶手下到三楼后悄悄进入电梯，把那根垂在田字形方格洞孔里的绳索或铁丝，系在那把偷来的匕首刀尾的木制手柄上。此前，凶手已经事先松动了匕首上的木制手柄，只要用一定的力度拔，木制手柄就会自动脱落。也就是说，凶手事先已经实验过这种可能性。

“系上匕首后，凶手再次爬上屋顶夹层，从上面拽紧绳子或铁丝，将匕首的木制手柄部位升至田字格方孔的上端，而匕首两侧的护手被紧紧卡在其中一个边长五厘米的方格孔的下端，接着重新在电梯井侧系紧绳索或铁丝另一端。

“这时的绳索或者铁丝已经绷得很紧。杀人前的准备工作就这样全部完毕，万事俱备就欠东风了。只要再用力拽已经绷紧的绳索或者铁丝，木制手柄就会自动离开匕首刀尾，于是锋利无比的匕首朝下迅速坠落……像这种场合，凶手不需要亲自用手使劲儿拽绳索或铁丝。”

“不需要的理由呢？”

“蛭峰健作本人按了下到一楼的按钮后，电梯便自动启动朝一楼下降。由于电梯启动时产生震动，而震动使绷紧的绳索或铁丝突然发力向上拽木制手柄，于是被夹在小方格孔下端的匕首与木制手柄分离，嗖地朝下坠落，直刺正下方老人的后颈，割断了颈部动脉造成失血过多，老人当场死亡。

“老人生前一直患有心绞痛，即便被刺成不致命的重伤也会受到严重的精神打击，同样会殃及性命。老人就是不死亡，延长协议盖章时间是肯定的。对于这一点，凶手也有过周密的思考。”

“噢，原来如此，我只考虑十厘米宽度的护手被卡在小方格孔铁杆上端，误以为匕首无法穿过方格孔。可像你那样换上另一种思维方式，推断凶手把护手卡在小方格孔的下端，谜也就解开了。采用这种杀人方法，凶手可以成功地制造自己不在案发现场的假象。可一旦弄清其手法的奥秘，方知凶手是在玩哄骗小孩儿的愚蠢把戏。凶手的杀人手段令人震惊，可谓丧心病狂。其真正用意究竟是什么？”

明智小五郎紧锁眉头，没有回答。

男女对话

须臾，他俩爬上屋顶夹层房间查看电梯井，证实凶手的作案方法果然在明智小五郎的推理之中，那里留有系铁丝的痕迹。

明智小五郎对此并没有显出兴奋，他找来一根铁丝系在那里，再将铁丝另一端系在新木制手柄上，将匕首尾部插入木制手柄进行实验。

明智小五郎按电梯键启动电梯。啪！匕首果真离开木制手柄，径直朝下坠落，插入铺设在电梯地面上的木板。

“好极了！”森川律师惊喜地喊道。

他俩做完实验回到办公室，进一步探讨。片刻后传来敲门声，门开了，走进一个刑事侦查警官，怀抱着一只手提保险箱。

“怎么啦？”明智小五郎问道。

刑事侦查警官把手提保险箱放在桌上说："我是负责监视隔壁住宅二楼的，在走廊上巡逻时发现蛭峰康造老人的房间里有轻微响声，觉得奇怪便走入房间搜查。种种迹象表明，有人来过房间，保险箱被放到了桌上。虽说我没见过这只保险箱，但可以想象有人已经翻动过它，为慎重起见，我把它拿来了，请你检查一下。"

明智小五郎用手帕小心翼翼地打开保险箱，以防止弄掉上面的指纹。

"森川君，你记得这里面有多少钱和多少张纸币吗？"

"记得。昨天和你一起调查时，这里面有二十九张一千日元的纸币和二十三张一百日元的纸币。"

明智小五郎一边听森川律师说，一边从保险箱里取出纸币数了一下。

"一千日元纸币是二十八张，一百日元纸币只有二十张，少了一千三百日元！"

"还是原来那个家贼！蛭峰康造老人健在时，这家贼就已经连续盗窃！如果是干盗贼买卖的，肯定会全部盗走。"

"是啊！"

"你知道这家贼是谁吗？"

"嗯，我好像已经感觉到这家伙是谁了。"

明智小五郎尽管嘴里说着话，眼睛却紧盯着手上的一张纸币的一角，全神贯注地琢磨着。

"哎，你在看什么呀？"

明智小五郎没有回答，脸转向警官说："你辛苦了，回岗位继续监视吧！顺便捎口信给鸠野芳夫，让他来我这里。”

警官走后，他马上转过脸对森川律师说：“瞧，就是这！这上面写有很小的记号。我从上次调查纸币的时候已经注意到了，可现在想来，觉得这里有疑点。你瞧！这叠纸币上都标有记号，右下角是用圆珠笔写的，好像是一个很小的字母‘K’吧？”

“是的，我一点儿也没察觉到，原来上面写有半粒米大小的‘K’，照这么说，蛭峰康造老人是根据鸠野芳夫的建议写这些记号的。”

“嗯，问题就出在这里。蛭峰康造老人被害前，对鸠野芳夫说保险箱里的钱在莫名其妙地减少，强调有家贼。鸠野芳夫告诉他说，如果在所有纸币上都做小记号，就能轻松地抓住窃贼。老人采纳他的建议后还未来得及实施就中弹身亡了。按理说，老人根本没时间在纸币上做任何记号，而这上面却出现了记号，太有趣了，太令人兴奋了。”

森川律师似乎听出明智小五郎这番话的弦外之音。就在这时，传来敲门声，鸠野芳夫来了。

“听说你喊我有事……”

“是的，我确实有事向你打听，主要想详细询问一下你家人的情况。”

“是吗？你想问谁？”

“我想问猿田管家的情况。”

“哦，他的经历没太听人说起，因此你想详细了解的话……”

“不，就说你知道的吧！他是什么时候来你们家的？”

“听说他小时候就上我们家来了，据说是爷爷生前管家的儿子，脾气有点儿古怪，未曾娶过妻子，单身。”

“他好像脑袋不正常。”

“嗯，有不正常的时候，也有聪明过人的时候，总之他的心思很难琢磨。我太太桂子小时候也都是他照顾的，可她也说不知道他的真实情况。”

这时，好像有人走进隔壁图书室，故意弄出响声，还时而吹口哨时而哼歌，声音粗声粗气的。

明智小五郎听到声音立即站起，走过去关房门，可门的插销好像怎么也插不紧，刚返回座位门又自动开了，形成约十厘米的间隙。明智小五郎似乎没注意到那里，接连不断地问：“猿田管家迄今没干过什么坏事吧？”

“应该没有，可这一年里多少有点儿稀里糊涂，行为怪得让人难以接受。”

这时，隔壁房间哼歌的声音消失了，传来清晰而又清脆的高跟鞋脚步声。

“丈二君。”

是女人的声音。明智小五郎立刻明白女人是鸠野桂子。

鸠野芳夫一听到女人的声音，脸色骤变。

蛭峰丈二与鸠野桂子之间的关系，无论谁见了都会连连摇头。鸠野桂子有丈夫，却把家扔在一边，死活缠着蛭峰丈二带她出去游玩，而蛭峰丈二为赢得鸠野桂子的欢心经常带她外出玩耍，所需费用当然都由鸠野桂子支付。

无疑，就蛭峰健作老人生前的性格来说，给儿子们零花钱时不会吝啬，只是蛭峰丈二花钱如流水，不管多少总是嫌不够，于是讨好鸠野桂子，从她那里得到钱，以满足自己挥金如土的坏习惯。

不用说，蛭峰康造老人在用钱方面非常小气，这使得鸠野桂子不得不缠着丈夫鸠野芳夫要钱，而鸠野芳夫又非常宠爱自己的妻子，只要鸠野桂子开口，都满足她。鸠野桂子有了钱，便约蛭峰丈二外出逛街，直到挥霍一空才回家。

他俩之间的不正常关系弄得家人直皱眉头。丈夫鸠野芳夫不可能不知道，但丝毫不指责也不埋怨妻子，似乎很有男子汉大丈夫的气度，但家里其他人在担忧这种一触即发的状态，觉得总有一天会像火山那样爆发。

"丈二！"

听到妻子喊蛭峰丈二，丈夫鸠野芳夫脸色骤变也是情有可原的。

森川律师觉得这样放任不管不妥，为鸠野芳夫这对夫妻的未来感到不安。如果不去干涉，隔壁房间那对男女不知道这房间有人就会越来越放肆，会无所顾忌地瞎说一气。

明智小五郎似乎与他有着同感，站起来走到门前。

可他好像又想起了什么，手抓住门把手，刹那间停止了关门动作，松开手后走到玻璃窗那里背靠窗框，压低嗓门儿问鸠野芳夫。由于他的手刚才碰到过门，使得门缝又扩大了许多。

森川律师不可思议地望着他，知道不管什么场合，明智小五郎的每一个动作都表达一定意思，于是忍着没有吭声，也不去开门。

奇迹出现

明智小五郎继续问道："芳夫君，你说猿田管家稀里糊涂，能否具体说说，比如……"

"一天到晚总是不说话。"鸠野芳夫嘴上在说，可表情很明显，是在关注隔壁房间那对男女的情况，显得有些心不在焉。

此刻，隔壁房间传来鸠野桂子清楚的说话声。

"我不想跟你说话了！你一直在躲着我。"

"你在说什么呀？昨晚不是在一起吗？"

"我不是那个意思，我是问能不能像过去那样亲亲热热地对待我？"

这边房间里明智小五郎继续发问："猿田管家独自一人的时候总爱唱那种怪歌吧？那习惯以前有吗？"

“是一年前开始的。”

鸠野芳夫每次听到妻子说话，放在膝盖上的那两只手便攥紧拳头。

鸠野桂子又说话了：“你在听我说话吗？丈二，你不再带我出去玩了吗？”

“没那事！”

“可奇怪呀！自从凶手昨晚从森川律师文件包里盗走协议后，我发现你的态度就变了，变得像个陌生人，说起话来火气冲冲。”

“我哪有火气呀！”

“猿田管家好像心惊胆战的，不仅担心那个凶手，好像还有话没说？”明智小五郎继续提问。

“也许是那么回事。”鸠野芳夫似乎已经没精力思考答案了，苍白的额头上渗出微微汗珠。

隔壁房间里，蛭峰丈二说话了：“桂子，别再说那种话了好吗？隔壁房间里好像有人在偷听，我听见隔壁有声音。”

“就是有人我也不在乎，甚至有人偷听我也不会介意，尽管现在是警方调查期间禁止外出，但你如果说出去玩并且还像过去那样邀请我，不管什么时候我都跟你出去。我才不怕警察呢！”

鸠野芳夫的神情变得越来越糟，完全是失魂落魄的模样，真让人怜悯。可悲的是，他没有勇气阻止妻子的放肆行为，再说还要回答明智小五郎的提问，只好使劲儿忍着，可额头上渗出的汗珠已经变成黄豆般大小开始往下掉落。

明智小五郎不知何故，就像什么也没看见，什么也没听到似的继续向鸠野芳夫提问。

“我为什么要问你这些情况，如果说猿田管家撒谎，那情况就会发生根本变化。多次目睹头戴礼帽、身穿大衣的凶手的，只有猿田管家。我们相信他说的，警方也按照他提供的线索展开搜索。可……如果猿田管家说的是假话，那……”

明智小五郎说到这里稍稍停顿一下，传来隔壁图书室鸠野桂子更清楚的说话声：“丈二，你为什么满脸冷冰冰的表情？你我难道不是居住在同一幢住宅内的堂兄妹吗？我虽说不上喜欢你，可想起过去我们是那么要好，现在你竟变得不愿跟我说话，甚至连看我一眼都觉得讨厌。你这样做太残忍了！”

蛭峰丈二没有回答。

“啊，是啊！明白了，一定是因为财产才突然避开我，肯定与财产有关。”

“是的！说得没错。我不像你丈夫那么会挣钱，财产对我来说很重要！”

明智小五郎稍稍思考了一下，继续说：“如果说猿田管家撒谎，那个盗窃手提保险箱里纸币的人肯定就是凶手。芳夫君，你对这一点是怎么想的？”

鸠野芳夫没有回答，低着脑袋，此刻他连把脸抬起来的力气都没了。

隔壁图书室里的对话又飘了过来：“果然是为了财产！”

“那，你到底是什么意思？”

“嗯，蛭峰健作伯父没在协议上盖章就死了，哥哥和我将成为身无分文的乞丐！与此相反，你和健一哥哥则摇身一变成了大富翁。并且，你现在讨厌与我这个穷女子继续交往。人因为钱竟有如此变化，真令我难以置信。”

不等鸠野芳夫的回答，明智小五郎继续往下说：“一次仅偷盗一千日元的盗贼，很难让我们把他与这起连续杀人案挂起钩来。可是，果真那样吗？我好像已经感觉到两者之间有微妙关系，侦查兴趣也随之越来越浓厚。”

隔壁的蛭峰丈二开口说：“哼，你是不是想说我有钱了，就不会和你在一起了吧？这句话也可以反过来说，我将成为富人，你将成为穷人，你便急着缠着我。哈哈哈……是这样的吧？”

“什么，说我急着缠着你？”鸠野桂子的声音里带着哭腔，似乎要哭了。

“你怎么说都行。好吧，这话题暂时放一放吧！”

接着传来男人急匆匆的脚步声，随后是图书室的关门声，好像是蛭峰丈二走了。隔壁图书室刹那间变得静悄悄的，寂静中传来鸠野桂子轻轻的抽泣声。

片刻后传来一阵有气无力的脚步声，鸠野桂子也走了。

“关键就在那里！芳夫君，你能否帮助我核实偷窃纸币的盗贼。蛭峰康造被害前，对你说起手提保险箱里的纸币被人盗窃的情况……于是你建议他在每张纸币的角落写上不显眼记号。可蛭峰康造当时不可能有时间写记号，因为他紧接着就被子弹射中身亡了。因此保险箱里的纸币上不应该有记号，我这分析不会有错吧？”

鸠野芳夫终于抬起脸，表情也不像刚才那么无精打采，因为隔壁图书室里不再有说话声。

“那不会有错。我岳父从采纳我的建议到被子弹击中就在刹那间，根本没时间去写记号，因此……”

“你当时和岳父蛭峰康造老人一直在一起吧？”

“是的。”

“谢谢，谢谢你的帮助，我已经完全清楚了，你也一定累了，请回房间休息吧！有一件事要拜托你，请帮我注意猿田管家的举动，但表面上要装作若无其事的模样，以免打草惊蛇。目前，最可疑的就是那个管家。”

鸠野芳夫由于刚才高度关注隔壁男女的对话，精神上十分疲劳，摇摇晃晃地站起身走出房间。

“你刚才为什么不关上与隔壁图书室之间的房门？难道不觉得他可怜吗？”

鸠野芳夫一离开房间，森川律师忍不住责备起明智小五郎来。

“你说为什么？我当然知道那对男女在隔壁图书室说话。可如果关上房门，鸠野芳夫会胡乱猜测，心里会憋得更难受。与其这样，倒不如让他了解这对堂兄妹争吵的实质，使他放心。”

“嗯，说得倒也是……蛭峰丈二这人也太狠毒，他最近和鸠野桂子又是吵又是和好，就是为了财产。”

“是的！突然间掉下一个亿的财产，不管谁都会发生变化。你是否能猜一下，究竟是谁盗走了协议正本？”

“我想应该是那个头戴礼帽身着大衣的凶手，但不清楚他的真实面目。”

“你真那样判断吗？好，我告诉你真实情况，盗窃那份协议的人不止一个。凶手偷窃协议前，也就是蛭峰健作盖章前，已经有人在打协议的主意。”

“什么？这不可能！我带着协议一到这里就去老人房间请他盖章了。”

“你不是立刻去的。当时，你在一楼客厅里等了十多分钟。”

“嗯，是有那回事，可协议在我的皮包里呀！”

“你说得没错，可请你再回忆一下当时情况，你是把皮包放在廊厅桌上后进客厅的吧？”

“噢，我想起来了，是那样的。看来，是我们进入客厅的那段时间……”

“还有，桌上大概还有花瓶和台灯吧？花瓶里插有开满黄花的花束。”

“是的，是的。”

“可我们从客厅出来时情况又怎样了呢？皮包虽在桌上，但位置已经稍有移动，我放在皮包旁边的帽子上沾有掉落的黄色花粉。当时我拿起帽子，不是用手掸掉了上面的花粉吗？”

“那我不是记得很清楚。”

“也难怪呀！你当时急着去三楼老人房间，我没有漏看，考虑花粉为什么会掉落在帽子上，无意间发现不光你的皮包位置有变动，就连花瓶的位置也变动了，可见有人悄悄打开你的皮包寻找协议。

“由于要从皮包里取出一叠文件从中寻找协议，需要地方，不得不把花瓶挪到旁边。可花瓶里的花束正逢黄花盛开，稍一碰就会洒落花粉，于是便有一部分花粉洒落在我的礼帽上。

“你去三楼后，我又返回客厅向大家介绍案情进展情况，顺便仔细打量集中在那里的所有人的面部表情，其中有一个人引起我的注意。那男子袖口上沾有花粉，还不停地拍打。无疑，这男子就是在你皮包里寻找协议的家伙。”

“他是谁？”

“是蛭峰健一！”

“咦，奇怪呀！证书不就在我的皮包里吗？后来老人还在上面盖了章！”

“嗯，当时他并没拿走，只是翻看而已，也许凑巧有人从那里经过而急忙罢手，或者他觉得没有盖章的协议在法律上不起作用而罢手。总之，他当时没有偷走协议。”

“那，说一句话又不费力，可你为什么不提醒我或者说一些让我注意之类的话呢？你要是那样做了，我会百倍警惕，不至于睡得迷迷糊糊，那份盖有老人印章的协议就会平安无事。可你……”

“森川君，那份协议没有被盗呀！”

“什么？你说什么？协议没有被盗？那怎么可能……”

森川律师瞪大两眼望着明智小五郎问道：“那，我回事务所取协议副本返回这里的时候，你不也一起赶来了吗？这怎么解释？我不信！”

“我给你看证据好吗？瞧，协议在这里！”

明智小五郎从西装内侧口袋里取出牛皮纸信封，信封里装着那份盖有老人印章和老人亲笔署名的协议。

巧设圈套

森川律师看到协议激动得几乎说不出话来。

“怎么搞的？照这么说，这份协议一直在你身上喽？”性格正直的森川律师忍不住怒发冲冠，大着嗓门儿冲明智小五郎吼叫。

“森川君，真是对不起，这事我连你都保密了，可我实在是出于无奈，不这样做不行呀！”

“你是在我迷迷糊糊睡着时从我皮包里拿走证书的？”

“你说错了！当时，我是听到猿田管家的叫喊感到惊奇才跑去那里的。那以前，我根本没去过你待的那个房间。”

“那，协议为什么会在你手里？”

“是你交给我的！”

“什么？你说什么？”

森川律师又惊呆了。

“哦，我稍稍耍了一个小花招。那天晚上，你从老人手里接过签名盖章的协议后返回客厅，不是给大家一一看过的吗？最后当你把它递给我看的时候，我偷偷把协议装到我的口袋里，再取出什么也没有写的纸塞入牛皮纸信封。当然你绝不会想到我会那么做，顺手把我递给你的牛皮纸信封塞入皮包，也没顾上检查一眼。”

森川律师哑然失色，茫然望着明智小五郎，片刻后边点头边开口说：“噢，原来是这样，你因为觉得有人欲偷盗证书便先发制人的，是吧？”

“是的。事情果然不出我所料，你打瞌睡时有人把你皮包里的文件撒得满地都是，显然是寻找协议，就是那个头戴礼帽、身穿大衣的凶手，就是他接连杀害了两个老人。”

“尽管这样，凶手发现应该在我皮包里的协议不见了会怎么想呢？”

“凶手知道还有人与他持相同立场，误以为那个人先于自己盗走了协议而放宽心。他清楚那个人也不希望协议存在，盗走后不是撕毁就是烧毁。”

明智小五郎说到这儿停顿下来，点燃烟猛吸了一口，随后吐出一大团烟雾，满脸都笼罩在烟雾下，继续说了起来：“虽说拿走协议的是我，但丢失协议的罪责得由你来承担，请你当着两家人的面解释一下。也就是说，你认为失窃的协议其实是夹在其他文件里，而且一直是在皮包里。协议不是失窃，而是当时没有仔细寻找。”

森川律师听后更吃惊了。

“这，这可怎么了得！这样做，我岂不成帮凶了？我怎么面对失去亲人的这两家人呢？”

他心里在暗自嘀咕。

“按你的说法是要我向他们解释，说这协议一直好端端地在我的皮包里。可你原来是让两家人都觉得协议是由于凶手偷盗而无影无踪的，而且凶手是从我包里偷走的。不是这样的吗？”

“嗯，现在的情况已经发生了变化，现在必须改变原来方案。这一回不是让大家知道，而是让其中一个人知道就行：一是协议还在，二是协议有法律效力。让这个人向大家传达，说协议找到了，在明天正式办理手续前暂时放入这房间里的保险柜，一定要他清清楚楚地向大家传达协议的所在地。”

“这，实在太让我难堪了！一个堂堂律师对于如此重要的协议居然会随意夹放在其他文件里，传出去有损我名誉，但不这样做又没其他好办法。哎，你大概已经胸有成竹了吧？如果真能抓住凶手，我应该可以不说自己过失。为什么一定要我把自己置于如此尴尬的境地？”

“你无论如何得这样做！我同情你，但也确实没其他办法可想！”

“好吧，你既然那么说了，我就按你说的办！我这就去让大家看协议。”

森川律师很不情愿地走出房间。

留在房间里的明智小五郎走到嵌在墙里的保险柜跟前，转动密码后用钥匙打开柜门，接着在门背后改变了原来的密码，随后笑着站起身来。

片刻，森川律师回来了。

“我让大家都看了。”

“他们是什么表情？”

“表情各不相同。我首先是给蛭峰良助看的，他说什么也不信，可能是无法掩饰和抑制不住内心的喜悦而致。试想，能确实得到一半财产怎么会不高兴呢！嘴上说不信，可脸上流露出不好意思的表情，连招呼都没打就匆匆离开了房间。

“接下来我去了鸠野夫妇的房间，见鸠野芳夫不时地打量着妻子鸠野桂子脸上的表情。当我拿出协议时，鸠野芳夫大吃一惊，而鸠野桂子则兴奋不已，放声大笑，接着号啕大哭，酷似精神病患者。我见状急忙离开了。

“在走廊上我见到猿田管家，还没等我开口说话，他就已经战战兢兢了，看不清楚他究竟是什么反应。

“返回这边住宅后先遇上蛭峰丈二，他心不在焉，像蛭峰良助那样说什么也不信，还说我中了邪，我让他仔细看了协议之后才终于相信了。”

“是啊，他当然不希望是真的，因为原本属于自己的那份只剩一半了。”

“可能是失望的缘故，他也是连招呼都没打就走了。接下来我去了蛭峰健一房间，可他不在。这时我在走廊上见到穴山弓子，我让她过一会儿来这里。”

“你大概已经对穴山弓子说了吧？”

“说了！可她脸上的表情还是像能乐面具那样，无法了解到她的内心深处到底在想什么。”

“你已经告诉她这份协议暂时放在房间保险柜里了？”

“嗯，我告诉她了。可我想问你，为什么要把它放在保险柜里呢？我很难赞同你的这种做法。”

“请相信我这样做是有道理的，你马上会明白的。”

这时传来敲门声，蛭峰健一进来了。

“听说森川律师找我？”

“是的，有关情况我已经对穴山弓子说了，请看这个。”

森川五郎突然出示协议。

“实在是对不起大家。原以为失窃的那份协议居然又出现了，仍在我的皮包里。由于包内有好些文件，当时没有细看而过早断定它被盗走。今天早晨没想到它突然出现了。作为律师，这事实在是难以启齿。”

森川律师装作满脸羞愧的样子。

“明白了。也就是说，我们兄弟俩得按照这份协议让一半财产给堂兄堂妹吧！蛭峰良助和鸠野桂子太幸运了……就这事吧？”

“是的，根据这份协议，必须办理财产分割手续。在办手续前，这份证书暂时放在这个保险柜里。”

明智小五郎站起来打开保险柜门，把协议放入里面的小桐木盒里，关上保险柜门后将密码盘胡乱地转了一通。

蛭峰健一毫无表情，目光一直注视着明智小五郎，等到明智小五郎做完这些动作离开保险柜后便鞠了一躬走出房间。

明智小五郎见他走后扑哧笑出了声。

“保险柜密码已被我稍稍做了改动，蛭峰健一、蛭峰丈二和穴山弓子这三个人都知道保险柜原来的密码。如果是专门盗窃保险柜钱财的小偷，像这么简单的保险柜可不费吹灰之力轻松地打开。但本案件的凶手并不精通这一行，我只需稍稍改变密码就完全能防住他。”

明智小五郎接着拿起室内电话机，通知隔壁刑事侦查警官过来。

“我是明智小五郎，你现在有空吗？请过来一下！”

明智小五郎刚放下电话，森川律师好像等不及地问道：“哎，明智君，我觉得这保险柜不是最安全的地方，如果放在我事务所的保险柜里要安全得多。你不是说凶手在这住宅里吗？为什么又偏偏把协议放在这里，太危险了！并且你还把这一情况告诉了这两家的所有家人。”

“你不用担心，我已反复思考过。”

明智小五郎没同意森川律师的建议，凑巧这时警官进来了。

“啊，你辛苦了！改变一下你站岗的位置，从现在起请监视这个房间，你把椅子放在走廊电梯边上。除我和森川律师外，其他人都不准进这个房间。隔壁图书室和这房间之间有道门，因此你也别让任何人进入图书室。总之，你一见到我和森川律师以外的人就挡住他们。拜托你了！”

听明智小五郎这么说，森川律师稍稍放下心来。

“这样一来，我们可以吃饭去了。瞧！快两点了。”

“是的，用不着担心，谁也进不来！可我倒盼望那家伙过一会儿偷偷潜入……”

“为什么？其实，协议放事务所的保险柜里是最放心的，放那儿什么也不会发生。”

“如果什么也不发生，我岂不就没事做了。”

明智小五郎的脸上露出不可思议的笑容：“这是我设的圈套！凶手多半会上当！我深信它会协助我抓住凶手！”

纸币兑换

他俩走出房间去吃饭。

一到玄关，明智小五郎便催促森川律师走进蛭峰康造老人生前的住宅。他俩从廊厅打量了一眼宽敞的客厅，见猿田管家正在用布擦拭室内的装饰摆件。

“猿田君，对不起，请把我的五百元纸币零换成五张一百日元纸币。”

明智小五郎从皮夹子里取出一张五百日元纸币，猿田管家吃惊地抬起头来，见明智小五郎笑嘻嘻地站在跟前也不由得笑了，接着从袋里取出大钱包，数了五张一百日元的纸币递给明智小五郎。

“太谢谢了！请顺便打开电灯开关！像这么暗的房间什么事也做不成。”

猿田管家脸上微微露出不可思议的表情，按照明智小五郎说的按下电灯开关，于是台灯亮了。

明智小五郎径直走到台灯边上，一张一张地观察刚才从猿田管家手里换来的五张纸币，那模样似乎是在检查是否中间夹有假币。猿田管家见状大吃一惊，两条腿直打哆嗦，局促不安起来，脸上瞬间布满了担心的表情。

“哦，对不起，我们外出吃饭。”

明智小五郎把纸币放在口袋里，催促森川律师快离开。

两个人走进附近一家餐馆刚坐下，森川律师就迫不及待地问了起来：“刚才那五张纸币上是不是写有曾经看到过的记号？”

“有！五张纸币上都有记号，你瞧！”森川律师接过明智小五郎递来的纸币检查，果真发现与手提保险箱里纸币上的记号相同。

“嘿，老管家竟染有偷小钱的坏习惯，可这构不成大罪……哎，他就这些罪行吗？”

“不，还有很多！罪孽也不小。你马上会明白的！”

明智小五郎说了这句发人深思的话后没再说下去。

“看猿田管家的神情，他好像已经明白了什么，如果听之任之，他会不会逃之夭夭？”

“没关系！他一定会站在我面前捶胸大哭！”明智小五郎胸有成竹地说道。

两个人吃完饭回到蛭峰健作生前的办公室，片刻后传来轻轻的敲门声，门开了，是猿田管家。

“有什么事吗？别拘束，请进！”明智小五郎爽朗地说道。

“打搅了……我想跟你说一些事……”

“怎么啦？好吧，请坐在椅子上说！”明智小五郎非常友好地说。于是，猿田管家跌跌撞撞地走进房间。他没有坐下，而是站着伸出双手搭在椅背上，微微苍白的脸上唯有那对眼睛眨巴个不停。桌上放着那只手提保险箱。

“偷保险箱里钱的是我……我这是实话。”

“你一共偷了多少钱？”

“这个，我说不清楚，是一点儿一点儿偷的，偷了许多次……但全部加起来不到一万日元。实在是对不起，我有这么一个坏习惯，也不知是什么时候开始染上这毛病的……”

“是不是在蛭峰康造老人生前早就开始了？”

“嗯，是的，并且今天早晨也……”

猿田管家觉悟了，交代了偷窃罪行后表情仍然惶恐不安，好像在担心什么。

他的两条腿在微微哆嗦，突然尖叫着喊起来，声音里夹杂着颤抖：“明智大侦探，我打算请假，我再也忍受不了了。”他说完身体剧烈摇晃起来。

“谁都不知道，谁也不明白，那家伙……那家伙……要杀我。”

明智小五郎两只手肘撑在桌上，眼睛紧盯着老管家，而猿田管家的鼻孔里则不停地传出重重的喘气声。

少顷，明智小五郎表情严肃地说道：“你经常从保险箱里偷钱，可以说是惯偷，可你为什么要如此胆战心惊呢？”

“你们不知道，就是对你说了也不会理解，总之我在这幢住宅里是一分钟也待不下去了，请放我走吧！拜托了。”

“那不行，你是小偷，必须抓你。”

“好，那也好，请快来抓我，快把我从这幢住宅押出去！”

“哈哈哈……我是跟你开玩笑的。你只要把偷的钱如数交出来，我们可以替你保密。”

“我如果按你说的做了，就放我离开这里吗？”

“不，那不行。在没有弄清你为什么害怕之前，我不会放你离开这里。”

“那可不行，我说出去就会没命的。”

这时，明智小五郎的眼睛里射出一道锐利的目光。

“他是谁？快说出他的名字！”

“是，是那个家伙！”

“是身穿大衣、头戴礼帽的那个家伙吗？”

“是，是的。”

猿田管家说到这里停住了，片刻后慌里慌张地扫视了一下周围，提心吊胆地压低嗓门儿：“我说，我说，就在刚才你俩去吃饭的时候。”

“嗯，接着说。”

“我只想对侦探说。如果你能发誓不对其他人说，我就……”

“我，绝不说出去。好了，快说！”

“不过……”他看了一眼森川律师犹豫起来。

“那好，我去隔壁图书室！”森川律师注意到了老管家的疑虑，赶紧站起来，猿田管家见状急匆匆地跑到门前替森川律师开门，随后又把门紧紧关上。

不打自招

大约过去了十来分钟，明智小五郎敲门喊森川律师。

这时，房间里已经不见猿田管家，只有明智小五郎一个人在房间里踱着方步，满脸很得意的表情。

“嗯，比我预想得还要精彩！凶手垂死挣扎……情况就是这样的。”

“可你不是向他保证过不对任何人说吗？”

“那是给他吃一颗定心丸，我不那样说，他就不会如实交代。其实，他就是隐瞒也是白搭。”

明智小五郎说到这里点燃一支烟，舒舒服服地吸了一口后接着说道：“猿田管家现在十分恐惧，从你离开到让他开口说话，我费尽了口舌。情况是这样的，就在我俩外出吃饭时，邮递员送来邮件。从信箱里取出邮件按姓名送到收信人所在房间，这是猿田管家的工作。

“这些信件里有一封没贴邮票的信，甚至连邮戳都没盖，而信又是寄给猿田管家的。不用说，那上面也没有写寄信人姓名。猿田管家感到蹊跷便拆开信封阅读了信上内容，不由得忧心忡忡。

“猿田管家看完那封信，立刻明白寄信人是谁，觉得自己不能继续在这幢住宅里待了，哪怕一分钟也不能多待，打算尽快逃走，于是悄悄来到我们这里。这就是那封信，你看一下。”

森川律师接过信看了一遍，这是一张没有什么特征的信纸，信是用铅笔书写的，字体歪歪斜斜。

猿田：

你好！

今天晚上，我想和你单独见面。信的内容不准说出去，否则你的性命难保。我的下述指示，你必须不折不扣地执行。

今晚十二点，你去左三角馆蛭峰家的地下保姆间，站在窗前窥视后院。你必须事先关闭所有灯光，让室内漆黑一片，再打开通向后院出入口的门，以便让我从外面进来。

我一出现在院子里，你必须重重敲三下玻璃窗，那是信号，表明一切正常。如果不正常或者有其他人，不准敲玻璃窗。

你发出信号后必须在黑暗里等候，不准离开。明白了吗？如果你有半点儿怠慢或者有背叛之意，就别怪我不客气。我手里的枪，是专门用来惩罚叛徒的。

“显然，这些字是用左手写的，信封和信纸上的字也都是用铅笔写的，没有特征，非常普通。这说明这个人十分谨慎。”明智小五郎等到森川律师看完信后解释说。

“这家伙太猖狂了！”森川律师惊讶得自言自语。

“那是歹徒的秉性，也是我们捕捉他的线索。”

“那家伙真会来吗？”

“你不必怀疑！他肯定会来！因为那里有他必须来的理由！也就是说，凶手在做最后挣扎。今晚是凶手孤注一掷的时候，不得不使出书面指示猿田管家的最后招数。机不可失，时不再来，我们必须瞅准时机抓捕凶手。对方肯定耍阴谋，但我已经相应制定了对策。倘若计划获得成功，今晚将是捕捉凶手的最好时机。”

明智小五郎说到这里情绪显得十分高涨，两眼目光炯炯。

“那，你能否把抓捕计划说给我听听。”

“首先把两家人全部集中在一个房间里。”

明智小五郎这么说完，拿起电话听筒喊来猿田管家和女用人，让他们分头通知两个住宅的所有人到下面客厅集合，接着转过脸慢悠悠地对森川律师说：“我有件事要拜托你，行吗？接下来我要跟这两家人说话，有一点我得提醒你，不管我说什么，你只管听，千万别吭声。因为，我也许会说一些你不愿意听的话。我知道你为人正直，说不定忍不住发脾气。但你必须忍耐，不要说任何话，好吗？我是在深思熟虑的基础上才这样决定的，这事就拜托你了！”

森川律师点头表示接受。

“用人们已经分头通知了，我们最好先去那儿等他们。走，到下面去！”

明智小五郎说完，把那封恐吓信放入口袋里站起来。

他俩来到客厅后没多久，两家人陆陆续续地来了。

最先到的是穴山弓子，这女人满脸冷漠的表情，看不出半点儿与这家连环杀人案有关的迹象，进来后也不朝他俩看一眼，一声不吭地坐在沙发上。

接着进来的是蛭峰健一，也没有同他俩打招呼，嘴里叼着烟，眉头紧锁，走进客厅后坐在另一张椅子上，眼睛望着墙上的油画。

“丈二君没跟你在一起吗？”明智小五郎朝他问道。

他无可奈何地转过脸回答：“哦，我不知道。丈二他去了隔壁住宅，好像是谁来通知他的。”

正巧这时蛭峰丈二来了，是与鸠野桂子一同进来的，十分亲昵的样子。森川律师见状暗自感到震惊，尤其看到他俩手挽着手进来，不由得苦笑起来。

他俩十分亲热，显得很兴奋。蛭峰丈二更是一百八十度转弯，俨如鸠野桂子的保镖。他让鸠野桂子坐在椅子上，见鸠野桂子把香烟叼在嘴上，立即掏出打火机给她点上。鸠野桂子原来脸上疲惫的模样，此刻已经消失殆尽，精神面貌焕然一新。

其实就在几个小时前，蛭峰健作老人留下的财产分配协议不见踪影，这意味着鸠野桂子将成为身无分文的穷人。而得知这一消息的蛭峰丈二，则立即与她分道扬镳。

岂知情况又发生了戏剧性的变化，消失了的协议又“飞”了回来，鸠野桂子的命运有了决定性的转机，满肚子私利的蛭峰丈二为能享用她的那份钱财，又闪电式地与她重归于好。

鸠野桂子当然清楚蛭峰丈二的动机，可又不愿意在丈夫的支配下过那种平静的生活。虚荣心极强的她不但羡慕堂兄蛭峰丈二长得英俊潇洒，还希望永远能与这样的俊男一起外出游山玩水，觉得那才是她最幸福的选择。

接着进来的是鸠野芳夫，他朝蛭峰丈二瞟了一眼，找了一个距离鸠野桂子最近的地方坐下。

最后进来的是蛭峰良助，脸上的表情呆板。按理说，能分得一半财产应该眉飞色舞，可他没有丝毫高兴的神情，好像在思考别的事情。

套中有套

明智小五郎见两家人都到齐了，于是站起来说话："我请大家集中到这里，是因为有十分紧急的事情与大家商量。今天晚上，这里将发生重大事件，希望各位配合。因为，我决定今晚将凶手捉拿归案。可要完成这项任务，没有你们的帮助是不行的。假如我通知中村警长让警视厅派巡查警员在周围设天罗地网，这是很容易做到的，可那样做势必打草惊蛇放跑凶手。为了不让凶手闻风而逃，我们要装作什么也不知道。但要做到这一点，除请求你们帮助外没其他办法。"

明智小五郎说到这里稍稍停顿了一会儿，蛭峰良助冷不防腾地站起来。

"你说什么？你是说那个凶手又出现了？"

"是的，那家伙今晚十二点来这里。"

明智小五郎故意压低嗓门儿说。

刹那间，房间里鸦雀无声。

蛭峰健一将眼神投向旁边，用讥讽的语调说道："你好像挺自信凶手今晚一定会来这里，请问有什么根据吗？"

"当然有，凶手给猿田管家送来一封恐吓信。请大家看这里！"

明智小五郎从口袋里掏出恐吓信递给蛭峰健一，向大家叙述猿田管家从信箱取出邮件时发现了这封恐吓信，害怕得不知所措，把信拿到他这里希望求助。

蛭峰健一看完信，依然平时那副皮笑肉不笑的模样，把信递给旁边的蛭峰良助。不一会儿，恐吓信在两家六个人的手上传了一圈。

蛭峰丈二和鸠野桂子只用眼角在那封信上晃了一眼，立刻就像丢什么脏东西似的，赶紧把它传到旁边人的手上。

鸠野芳夫看得很慢也很仔细，脸上渐渐流露出愤怒的表情。

蛭峰良助看着看着，手不由得微微发抖，好像感到恐怖正在临近。

穴山弓子还是像平时那样，脸上没有任何表情。

明智小五郎朝大家环视了一眼，又说了起来："这件事需要和大家商量，若过分张扬可能会惊动凶手而放虎归山。关于这一点，我先提醒大家充分注意。那家伙如果不来，我们所有的努力将付诸东流。我经过再三考虑，觉得没必要将今晚可能发生的情况通知警方。我们齐心协力地试试，也许能抓住凶手。再说这儿有四个年轻人，加上我和森川律师总共有六个大男人。我的计划是，我们六个人埋伏起来等待凶手自投罗网。当然凶手有枪，伏击凶手是有危险的。怎么样？大家能赞同我这一抓捕凶手的计划吗？”

蛭峰丈二脸色苍白，朝后退了两三步。一时间谁也没有回答，尽管心里有着各自的想法，可谁都不愿让别人看出自己是胆小鬼，没人说半个不字。

遇这种场合，鸠野芳夫是最镇定自若的，代表大家语气平静地说道：“我们大家依照大侦探说的办！”

“嗯，请放心！如果遇上对方掏枪，我会挺身而出挡在前面的，绝不让各位受伤。大家埋伏在地下室的四处角落，只要不让那家伙逃走就行。”

“说到底，必须形成只有猿田管家一个人在等的假象。也就是说我们必须按照信上写的那样做。只是猿田管家的位置暂时由我顶替。在黑暗里等那家伙时，我不等他有掏枪机会就会摁住他。这一点我很有信心，请大家放心。”

这时，鸠野桂子突然疯癫癫地哭着一把抱住蛭峰丈二：“我害怕枪，我不能待在这里……”

“我打算去水明馆那里，你也去那里吧！”穴山弓子说，水明馆是附近一家旅馆。

“噢，那太好了！你俩就去旅馆避一下吧！让那些女用人尽快到屋顶夹层里躲一下，别忘了叮嘱她们在门内侧上锁。”

蛭峰丈二说完兴奋地大叫大嚷，那语气令人难以捉摸。

“好！就这么办，我们绝不后退。哈哈哈……良助君，可以了吧！那家伙是我俩的杀父仇人，一定要抓住他！”

蛭峰健一在这种场合下仍保持着平常状态，转过脸朝着蛭峰丈二，表情好像在说，吵什么……

鸠野芳夫是蛭峰家四个男人中年龄最大的，给人特别稳重的感觉，唯一的弱点是宠妻子宠得过分，把她看得比什么都重要。

“那好，今晚十一点一到，大家各就各位，地下室里有好几个房间，每个房间分别埋伏一个人。至于具体人员配备，我会在十一点前考虑好，到时候公布。请各位晚上十一点集合，别弄错时间！至于女用人们，我让她们在十点之前进入屋顶夹层的房间里。”

明智小五郎说完与森川律师一起悄悄地离开了，走到二楼向站岗的警官询问有没有异常情况，警官回答说一切正常。此刻，站岗警官已由原来一个人增加至两个人。明智小五郎事先拜托中村警长，让他加强警力布控。

走进办公室，森川律师忍不住问起明智小五郎来：“因为事先有约定，我只能一声不吭。说实话，对你的做法我根本不赞成。你口口声声说别对任何人说，可那些听的都是这家里的人。再说你认定凶手就在这家族成员里。你不仅泄露了秘密，还与他们商量如何捕捉凶手，简直是自相矛盾。你到底想什么？”

“其实我说的一点儿都不矛盾，看上去似乎有一点儿违背常识的地方，可最有趣的地方就在那里。”

“你把捕捉凶手的方案告诉了凶手，他还会来吗？肯定不会来！”

“不，他会来的。我也好，凶手也好，都在为制造假象设了圈套！这就看谁设的圈套能套住对方，胜负取决于谁具有胜出对方一筹的智慧。”

这时传来敲门声，是猿田管家。

“请进！”

“明智大侦探，你把信的内容都对大家说了吧！你知道我现在是什么处境吗？有人说要杀我，我一定会死在那人手里的。”

猿田管家嘶哑着声音嚷道，双手捂在脸上抽泣，那模样像是在演戏。

“没关系！我会保护你的，请尽管放心！”

“那，恳求你把我放走吧！只要是你说的地方，不管哪里我都去，只是这住宅我无论如何不能……”

“好，那你就去水明馆躲一下吧！穴山弓子、鸠野桂子今晚都住在那里，你就一起去吧！怎么样，你主动去鸠野芳夫那里说一下，他一定会同意的。”

“好，那我就放心了，我去他那里说说看。”

猿田管家好像总算放下心来，步履蹒跚地走出房间。

各就各位

“原来是那么回事！”猿田管家刚消失在门外，森川律师便自言自语道，“这家伙真能演戏！我现在总算明白你把猿田管家赶到外面的用意了，凶手就是他！他为了今天晚上从后院进来，希望去外面住宿。”

明智小五郎滑稽地笑着问森川律师：“按你的推理，该怎样解释凶手的杀人动机呢？”

“那是因为蛭峰康造发现猿田管家是小偷的缘故！虽说那就是杀人动机，似乎有点儿牵强附会，可猿田管家这家伙毕竟是上了年纪的怪人。当偷钱行为被蛭峰康造老人察觉，便恼羞成怒翻脸不认人，拔枪射击以杀人灭口。从那时起，他便假戏真做，自导自演地扮作风衣怪人，或打伤自己的下巴……”

明智小五郎笑了：“不对，不对，你完全说错了！老管家虽说是有些奇怪，可充其量是嗜好小偷小摸，不可能去杀人！”

“可凶手的模样仅猿田管家一人见过，再说也只有他发现过，难道我说错了吗？”

“那是因为凶手利用了猿田管家胆小的弱点！你忘了一点，假设猿田管家枪杀了蛭峰康造老人后马上模仿凶手的奇怪模样，那雪上的脚印又该怎么解释？蛭峰康造老人说手提保险箱里钱被窃的，是在晚上。而伪造脚印的，是在白天。说凶手是猿田管家，你不觉得奇怪吗？

“现在，我们站在凶手的立场分析问题。也就是说，凶手为了制造外出返回的假象，是事先伪造脚印的，到了晚上便化装后出现。凑巧遇上猿田管家开门接待。如果他稍加仔细观察，也许能识破凶手身上化的装。

“当然凶手早已有思想准备，一旦被猿田管家识破，会含糊其辞说是外出了一会儿刚回来。遗憾的是，猿田管家被巧妙地利用了。凶手隐蔽片刻后再出现的时候，又凑巧被走到那里的猿田管家碰上。

“凶手不但将猿田管家吓得魂飞魄散，还以迅雷不及掩耳之势将他击倒在地。猿田管家根本来不及叫喊，可凶手开枪射击这一事实清楚地映入他的眼帘。应该说这都是凶手事先设计好的，故意让他目睹这一事实。不用说，猿田管家只是被凶手巧妙利用而已。”

“噢，你原来是这么想的！看来凶手的圈套还真是天衣无缝呢！”

“嗯，可以说是无懈可击。大衣和礼帽那种简易化装起到了出人意料的作用，只要脱掉摘下扔了就可立刻卸装。凶手没想过再利用这些化装道具。”

“不对，凶手第二次不是又化装成与第一次相同模样了吗？”

“嗯，凶手也还是没想到第二次利用那些化装道具。因为，凶手绝对没想到蛭峰健作老人竟然请你制作一份具有法律效力的协议。凶手是趁你瞌睡时进入客厅的，当时他没有化装。”

“奇怪！猿田管家不是见到过那身着大衣、头戴礼帽的人吗？”

“那是你的礼帽和大衣！凶手打开你的皮包寻找协议时，听见走廊上传来猿田管家用鼻子哼歌的声音，估计老人不可能去客厅，便赶紧取过你放在桌上的礼帽和大衣穿在自己身上。如果猿田管家走上前去就有可能遭殃，因为凶手根本不把他放在心上。

“事实上，猿田管家当时已经吓得魂不附体。凶手趁此机会，把礼帽和大衣扔在你原来放的桌上仓皇逃走。猿田管家则边跑边呼救。当你听到叫声睁开眼睛时，凶手早已逃之夭夭。”

窗外，黄昏临近，路灯的光线照亮了玻璃窗，昏暗的房间里浮现出明智小五郎的影子。过了好一会儿，他才说了这么一句：“总之，再过几个小时就一切真相大白了。”

他俩离开蛭峰别墅去附近餐馆吃晚饭。

森川律师一想到凶手将在今晚被捉拿归案，心里怎么也平静不下来。

“今晚十二点前按理不会发生什么，请放宽心吧！”

明智小五郎吃完饭，像平时那样悠闲地抽起烟来。

“本案太不可思议了！在我长时间的侦探生涯里实属罕见！”

“嗯，我完全赞同。殊不知我这律师也被这一案件弄得颠三倒四！哎，这起连环凶杀案的动机难道是为了财产？那份协议果真有那么大作用？”

“是的，它包含两个方面，一个是财产问题，另一个是鸠野桂子与蛭峰丈二之间的问题。如今，他俩仅仅是财产的原因而形影不离。从表面看，鸠野桂子好像真喜欢蛭峰丈二，希望能与他结伴外出游玩。

“而蛭峰丈二相反，他这个花花公子。除了与鸠野桂子一起外出游玩外，还抱有挥霍鸠野桂子钱财的奢望。由于财产分配上的根本变化，使得他与鸠野桂子间的交往，由热到冷，再由冷到热。

“很显然，他的目的不是与鸠野桂子在一起，而是企图据鸠野桂子的财产为己有。经过这么一分析，他俩与本案之间的关系很深。你可以结合他俩与本案的关系进一步分析，本案的谜团也就自然而然地解开了。

“首先，蛭峰康造老人的死对谁有利？其次，蛭峰健作老人的死对谁有利？接下来你再逆向思维，两个老人的死损害了谁的利益？手提保险箱里的纸币失窃，是一个谜。至于弄清了小偷是猿田管家，究竟是谁偷的问题也就不存在了。

“可纸币失窃的背后，隐藏了另一个秘密。其实，本案最有趣的地方就在这里。怎么样？你分析一下吧！再过几个小时，凶手就将彻底暴露在光天化日之下……”

明智小五郎说到这里看了一眼手表时间，站起身来：“现在是最好的时机，我们回三角馆吧！”

他俩离开餐馆，沿着夜色笼罩的大街朝三角馆走去。

“保险柜里的协议不会被盗吧？”

“没关系，两个警官在那里保卫呢！我叮嘱过他们，十一点前别离开岗位，十一点到了请他俩回去。”

“为什么请他俩回去，保险柜没危险吗？”

“要把所有力量集中在地下室。十二点时，除这两家四个男人和我俩以外，不能有其他人在，这是我抓捕凶手计划里最关键的地方。”

他俩到达蛭峰别墅时已经十点半了。一按门铃，是蛭峰良助开的门。

“啊，你俩终于回来了！我们实在耐不住了，像热锅上的蚂蚁。”

“女用人们已经休息了吗？”

“是的。她们都去屋顶夹层房间休息了，穴山弓子、鸠野桂子和猿田管家在你俩外出吃饭时去了水明旅馆。现在，这幢别墅里仅剩下八个男人，两个是在隔壁二楼看守办公室的警官，四个是我们两家的，再加上你们两个。”

三个人说着话正要经过楼梯旁边的时候，凑巧遇上鸠野芳夫从楼上下来。他虽看上去个头不高，可长得很结实，嘴唇与鼻子之间留着黑黑的胡子。这两家四个男人中间，就数他最镇定。

“怎么样，该集合了吧？”

鸠野芳夫一看到他们三个人立刻问道。

“是的，请大家集合吧！电梯停在哪层楼？”

“一直停在一楼，打那以后谁也没再用过电梯。”

“那好，把电梯两侧门打开，一旦需要时它就是两家住宅之间的通道。”

明智小五郎走到电梯里打开两边的门。

“哎，芳夫君，对不起，请你把蛭峰健一和蛭峰丈二喊来，我们三个人在客厅里等你们。”

三个人走进客厅。

片刻，鸠野芳夫走在头里，蛭峰健一兄弟俩跟着走进客厅。他们三个人中间，数蛭峰丈二最兴奋。他没顾上看蛭峰良助一眼，笑嘻嘻地敷衍着回答明智小五郎说的客套话，语无伦次的。

明智小五郎看着他们各就各位后，好像还在等什么。

少顷，门口出现了两个专门看守保险柜的警官，朝明智小五郎打过招呼后回去了。

“警官来回巡逻，凶手或许不得不小心谨慎，也不敢靠近保险柜。可今晚就我们这些人抓捕凶手，一旦都去了地下室，再加上女用人们都去了屋顶夹层房间，别墅里也就空荡荡的了。因此，我再三请大家一定要齐心协力！”

森川律师心急如焚，担心保险柜在这段时间里发生异常情况。可与明智小五郎有约在先，只得百般忍耐，一声不吭。

“已经十一点了，我们大家该各就各位了！”

明智小五郎作为总指挥官，郑重其事地站起来下达命令。

“我不会让你们中间任何一个受伤，这是我的责任。可对方是连续杀害两位老人的亡命之徒，因此请大家必须明白，面对这样的凶手是有相当危险的。我也不清楚凶手到底要对猿田管家说什么，显然凶手急着想见他是明摆着的。也就是说，凶手一定会来，我们要做好充分准备。”

四个男人倾耳聆听，但表情各自不同。

鸠野芳夫连连点头。

蛭峰健一依然背朝大家，脸上皮笑肉不笑的。

蛭峰丈二故意摆出镇定自若的神态，两只布满血丝的眼睛望着天花板。

蛭峰良助显得失魂落魄，目光似乎被什么可怕的东西吸引着，两手不停地颤抖。

“现在，我们来确定一下各自埋伏在地下室的位置，请耐心等待时机，坚决堵住凶手的逃路。一旦时机成熟，大家必须立刻从四面八方扑向凶手把他拿下。”

明智小五郎从袋里取出纸，用铅笔在纸上画了地下室平面草图。

伏击凶手

“地下室情况，我想大家都了如指掌。我简单画了这么一张草图：从一楼沿楼梯到地下室，有一条狭长的廊厅；廊厅终端的那个房间，是堆放煤和柴等燃料的；它边上那个房间里有炉灶，是用来做饭的；再里面那个房间，是烹调厨房；用人休息室在面朝后院的地方，也就是从廊厅进来的地方；用人休息室最里面的地方，便是洗衣房。

“凶手先在院子里出现，沿石台阶下来穿过两家的共同出入口，这道门是敞开的。根据凶手在信中给猿田管家下达的命令，凶手经过那里首先是进入廊厅。

“但接下来到底选择哪条路，目前很难估计，究竟是直接进入我们埋伏的用人休息室，还是小心谨慎地从灶间绕过烹调室来到用人休息室的背后，还不得而知。为此，我们必须事先制定好万全对策。”

鸠野芳夫听得非常认真，听到这里时忽然插嘴问道：“这么看来，我们是不是应该分开埋伏在各个房间里呀？”

“是的，唯独廊厅里不能埋伏。否则，从院子里进来的凶手发现后便会转身溜之大吉。我就是担心这一点。我经过一番深思熟虑才决定这样做的，请大家牢记自己埋伏的位置。

“森川律师和我代替猿田管家埋伏在用人休息室里，请健一君埋伏在那里边的洗衣房里。请良助君埋伏的地方，是烹调室与灶间相连接的门旁边。丈二君，请你埋伏在烹调室的对面角落。芳夫君，请你埋伏在灶间里，但埋伏的位置与通向廊厅的那扇门要稍离开一些，明白了吗？”

接着，明智小五郎又重复了一遍。

“我和森川君埋伏在用人休息室里，请大家在凶手没有进入休息室之前坚守自己的岗位！”

“哎，我们怎么知道凶手已经来到你们埋伏的用人休息室呢？”蛭峰良助问道。

“听说话声就能知道。凶手一定会说什么，我们也会附和他说些什么。夜深人静，一有声音，不管哪个房间都能听到。一旦听到说话声，请芳夫君和良助君悄悄来到廊厅守住通向院子的门口，你俩的作用就是不让凶手逃到院子里。

“这时候，健一君一定要坚守住自己的岗位，瞪大眼睛别让凶手穿过洗衣房逃走。丈二君不要离开烹调室，你的作用是不准凶手逃到烹调室。”

明智小五郎重复了一遍相同的布置，把每个人的姓名填写在草图上。

大家围成一圈，目不转睛地看着纸上的地下室草图。

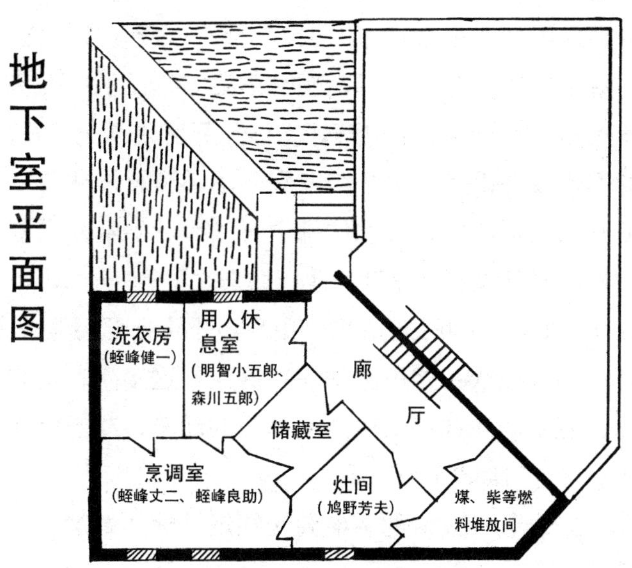

这时，鸠野芳夫开口问道：“也就是说，你和森川君负责抓凶手吧？”

“我想尽可能靠我俩的力量抓住凶手，但凶手一旦有逃走迹象，也请大家立刻从四面八方包抄上来，协助我俩抓住他。当然，遇到这种场合我会大声喊你们的。”

“想得太周到了！凶手就一个，而我们有六个，凶手就是变成蚂蚁也休想逃走。”

蛭峰健一仍像平常那样，说起话来喜欢用嘲讽口气。

“哎，尽管是六对一，也不能马虎哟！不把对手放在眼里是最危险的！”明智小五郎责备着蛭峰健一。

“好，我们现在各就各位，距离十二点只剩三十分钟了。”

说完，他走在头里朝廊厅走去，大家一声不吭地跟在他身后。地下室所有的灯都熄灭了，明智小五郎打开事先准备的手电筒照亮楼梯，接着又把手电筒灯光移向身后数了一下人数。

此刻谁也没有说话，只是踮着脚尖小心翼翼地往前走。在伸手不见五指的黑暗中，大家仿佛觉得凶手就隐蔽在周围的某个角落，并且觉得凶手会随时朝他们扑来。

明智小五郎先打开灶间门，用手电灯筒光照着里面说：“芳夫君，你就埋伏在这里，站在角落监视这扇门，别忘了我刚才说的，要密切注意用人休息室那儿的动静，在没有听到说话声音前不得擅自离开这里。”

鸠野芳夫边点头边借助手电筒光线走进灶间，消失在漆黑的角落里。

“如果听到你们那儿传来说话声，我就立即去廊厅堵截凶手不让他逃到院子里。我是这样的任务吧？”黑暗笼罩的灶间里传来鸠野芳夫的问话声。

“是的。”明智小五郎又用手电筒照亮正面那扇与烹调室之间的门。

“良助君和丈二君埋伏在那边，良助君你埋伏在距离出入口近的地方，丈二君埋伏在最里面的角落。听到说话声后，丈二君你还是埋伏在原来地方，良助君和芳夫君一起去廊厅，把守那里，堵住凶手逃走的路。明白了吗？”

“明白了！别担心！”

蛭峰良助虚张声势地答道，可转眼间又无精打采了，一副胆战心惊的样子。

蛭峰丈二是跟在蛭峰良助身后走进烹调室的，两手插入口袋，肩膀高耸。那走路姿势活像个机器人。

明智小五郎把他们三个人安排在两个房间里埋伏后，沿廊厅朝用人休息室走去。他身后跟着森川律师和蛭峰健一。

“健一君，你知道自己埋伏的位置在哪里吗？”

“我穿过休息室进入洗衣房，尽量埋伏在洗衣房里远离门口的地方。需要我出现的时候，我便靠近门口不让凶手逃走。”蛭峰健一像念经似的说了一遍。

三个人一起走进用人休息室，蛭峰健一打开洗衣房门消失在里面。

明智小五郎和森川律师坐在窗前椅子上。明智小五郎为了能让四个人听到他说话的声音，便大着嗓门儿嚷道：“注意了，我现在熄灭手电筒灯光。无论谁不管发生什么情况，都不准开灯。剩下时间是二十分钟，请大家不要抽烟，也不要发出响声。明白吗？”

“明白了！”

最先传来的是蛭峰良助响亮的回答声，接着相继传来鸠野芳夫和蛭峰丈二的回答声，最后是蛭峰健一闷得发慌的回答声。

明智小五郎熄灭手电筒灯光后，整个地下室黑得伸手不见五指，没有一丝亮光。他和森川律师所坐的位置旁边，是与他们胸部差不多高的窗台。从那里眺望后院，窗台高度与他俩的视线几乎相同。他俩双目凝视，观察漆黑一团的院子。

与室内的黑暗相比，院子里的黑暗程度要更重一些。今天夜里倘若晴天，理应是皎洁的月光之夜，可眼下乌云压顶，天空黑压压的。

远处昏昏沉沉的路灯灯光，铺洒在院子中央的石块上，泛出淡淡的苍白。昨夜的雨冲走了银白的积雪，显露出地面原来黑乎乎的本色。

夜越来越深，大街上不再传来汽车驶过的声音。此刻每转动一次身体，身上便会清楚传出衣服与衣服之间的摩擦声。

突然，他俩前边的桌上猛地亮了起来。原来是明智小五郎打开了钢笔形状的手电筒，为不使灯光漏到窗外，他把手电筒紧挨着桌面。

灯光下，也不知什么时候放有一张纸，明智小五郎正在纸上写道："森川君，再过一会儿我们就要开始行动了！届时请什么也别问，跟着我干就是了。"

森川律师点点头表示同意，于是手电筒灯光熄灭了。

紧接着又是一阵沉默，院子里什么变化也没有。一直专心关注事态发展的森川律师，猛然觉得浑身没劲儿，脸变得疼痛起来。一想到那个丧心病狂的凶手就要出现在眼前，他的脑子里不由得产生了想马上逃跑的念头。

室内沉闷的空气压得似乎连喘气也感到困难，森川律师微微地摇晃了一下身体。这时传来椅子刺耳的响声，吓得他立刻缩成一团。

刹那间不知从哪里传来响声，仿佛是远处传出的惊雷声。与此同时，黑暗而又遥远的天边闪起一道令人颤抖的蓝光。

森川律师顿感脑子一片空白，浑身肌肉猛地收紧得似乎比石雕还要坚硬。

这样下去可不行，弄不好会晕过去。

刚想到这里，猛然觉得明智小五郎暖烘烘的手触及自己的身体，好像在摸口袋。对，口袋里有枪！

明智小五郎与森川律师事先都准备了手枪，而这时的明智小五郎正在核实口袋里的那把枪。

时间还没到十二点，森川律师已经觉得自己有点儿神志不清了。

在身后其他房间里埋伏着的四个男人中间，或许就有凶手？凶手也许会推开背后的房门？也许会把坚硬的枪口对准自己的背部？

想到这里，他好像察觉有一股冷风触摸着自己的后颈。嗯，可能是背后的门开了，冷风吹进房间的缘故。明智君似乎已经清楚凶手是谁。如果凶手就在这四个人中间，无论他多么机智勇敢也多半不会这样镇静。看来，凶手很有可能在水明旅馆里。

脸上表情酷似能乐面具的穴山弓子和鸠野芳夫的妻子鸠野桂子，一个是冷若冰霜的老妇人，一个是年轻貌美的少妇。如果她俩中间有一个是化了装的凶手，无论怎样镇静也会惊恐万分……

这时，明智小五郎突然使劲儿抓住他的手臂，森川律师不由自主地跟着站了起来。窗外射来的淡淡月光下，明智小五郎正朝玻璃窗那里伸长脖子，隔着玻璃凝神眺望漆黑的院子。猛然间，森川律师感到自己的心脏发出了“咚咚”剧烈跳跃的响声，急忙把视线投向窗玻璃外面。

窗外树荫那里有黑影，正徐徐朝他俩靠近。

瞥了一眼手表时间，凑巧是十二点，凶手准时出现了！

这时，黑夜的天空里又连续两三次响起惊雷，与此同时闪起蓝光。刹那间，凶手的黑影在瞬间闪亮的蓝光下犹如电影画面浮现在黑夜里。

鼠灰色的礼帽，鼠灰色的大衣……凶手猛地把帽檐压得低低的，把大衣领竖得高高的，把围巾一直裹到鼻子部位，遮掩了脸部，耸起右肩，朝右歪着脑袋。

这家伙就是制造连环杀人案的凶手！

见对方一来到院子里，明智小五郎赶紧连敲三下玻璃。过了一会儿，他又重复刚才的动作。

只见那家伙稍稍加快脚步，那神情似乎理解了暗号的意思。

束手就擒

明智小五郎站起身紧紧抓住森川律师的手臂。

“跟着我，别出声！”他把嘴凑到森川律师的耳边说。

两个人像游泳那样悄悄来到门外，沿廊厅朝相反方向的楼梯那里跑去。

啊，盼望已久的凶手终于出现了！可明智小五郎并没有带他迎面抓捕，而是朝楼梯那里急匆匆地跑去。这是为什么呀?

森川律师尽管手被拽着奔跑，却满腹狐疑。明智小五郎拽着他不停地跑着，转眼沿楼梯往上走。当到达一楼廊厅后，刚才还一直蹑手蹑脚的明智小五郎，突然间飞也似的狂奔起来，横着穿过两侧出入口门敞开的电梯，一进入右边住宅后，又沿楼梯朝二楼一阵疾跑。

森川律师喘着粗气，跌跌撞撞，险些摔倒在地。

“啊……好了，总算抢先赶到了！这回我们胜利了！”

一走进二楼那间办公室，明智小五郎才放下心来，仔细地打量漆黑的房间。

突然，他把房门朝墙方向推开，闪身埋伏在门与墙之间，森川律师也被他拽着挤入那里。

“我们就在这里伏击，凶手马上要来了！那封威胁信其实是诱饵！凶手用它把大家的注意力吸引到地下室！想趁此机会潜入这里偷盗那份协议。他的诡计被我识破了。”

明智小五郎说到这里停顿片刻，竖起耳朵倾听。

这时，走廊上传来轻微的响声，是凶手踮着脚尖匆匆跑来的脚步声！

明智小五郎拽着森川律师，两个人的身体完全隐蔽在门背后。

啪！出现了亮光，是凶手的手电！手电灯光照亮镶嵌在墙里的保险柜，勾勒出身穿大衣和头戴礼帽的凶手轮廓。凶手站在保险柜跟前，接着蹲下用手转动密码盘。

手电筒被放在地上，灯光从下照射凶手，使得凶手映照在墙上的投影一直拉长到天花板上，犹如庞大的秃头妖怪。

保险柜怎么也打不开，黑影歪着脖子似乎琢磨起来，接着从口袋里掏出工具之类的东西套住保险柜密码盘，须臾传来咕咕的声音。

“开灯！”明智小五郎朝着森川律师的耳朵轻声说道。

森川律师急忙伸出手在墙上摸了起来，寻找开关。

这时，明智小五郎箭一般闪出身体，像猛虎下山那样扑过去扭住凶手。

“哇！”

尖叫声在别墅里回荡的同时，凶手手里的枪口喷射出火花。

森川律师的手终于摸到开关使劲儿一按，室内顿时亮如白昼。

明智小五郎把凶手摁在地上，凶手的枪滚落到很远的地方。

身着大衣的凶手一边呻吟一边挣扎。

此时，埋伏在地下室的男人们听到枪声吓了一跳，叫喊着朝楼上跑来。

凶手拼命挣扎，就在他使出全身力气支撑起上半身时，只听见“咔嚓”的金属响声，明智小五郎已经将一副铮亮的手铐戴到了凶手的手腕上。

万念俱灰的凶手不再挣扎，像癞皮狗那样垂头丧气地趴在地上。

地下室的男人们先后赶到门前。

走在前面的是蛭峰健一。他一走到门跟前便打量趴在地上的凶手脸，霎时间喉咙里不由得挤出惊叫声：“咦，咦，凶手怎么是你？你不是芳夫君吗？”

头上那顶礼帽早已滚落到一边，围巾也散落掉在一旁，使得凶手的脸毫无遮掩地暴露在明晃晃的灯光下。那张苍白的脸不是别人，正是鸠野芳夫。

犯罪动机

第三天。明智小五郎与森川律师在银座一家小有名气的花龙亭餐馆见面了。两个人坐在包房里有说有笑，尽管分别仅一天，却像久别重逢的老朋友那样，要说的话多得似乎三天三夜也说不完。

在品尝完服务员端来的各种菜肴后，两个人又慢慢喝起了咖啡，愉快地谈起了携手侦破蛭峰别墅连环凶杀案的事件。

明智小五郎仍像平时那样，从嘴和鼻子里喷出一缕缕青烟，那烟在整个房间弥漫开来。他不紧不慢地回答森川律师接二连三的提问，耐心地解说凶手的动机和手段。

“从表面看，该案似乎是凶手谋财害命，从而转移了人们的注意视线，掩盖了凶手的真正动机。其实，侦破本案、抓捕凶手的真正着眼点就在这里。

“鸠野芳夫是一个把妻子看得比什么都重要的男人。这两家人中间，如果说能依靠自己力量生活的也就是他了。鸠野芳夫实在是宠爱妻子，价格再昂贵的东西，只要妻子想要，他都给予满足。他这样做的目的，是以此博得妻子的欢心。

“可鸠野桂子一点儿也不珍惜丈夫对她的爱，当初嫁给他的目的只是看中鸠野芳夫的钱财。像她这样的女人，一旦手头拥有了属于自己的财产，就会毅然决然地抛弃丈夫。从她内心来说，蛭峰丈二才是她最理想的男人。

“至于蛭峰丈二，他内心并不喜欢鸠野桂子，仅仅是利用她贪玩求虚荣的心理满足自己嗜好挥霍的欲望。

“鸠野芳夫心里很清楚妻子与蛭峰丈二相好，但没有勇气指责妻子的不伦行为，生怕妻子跟他分道扬镳，只得忍气吞声。尽管心里窝火，表面上却装作满不在乎。从这个角度分析，其实他应该是一个值得同情的男子。

“当然，鸠野芳夫也知道蛭峰丈二是为了钱与妻子相好的，因此尽量不让妻子身上有零花钱，想以此让妻子永远是自己的附属品。再说蛭峰丈二一旦成为富翁，肯定会毫不犹豫地与鸠野桂子一刀两断。

“所以说，在两位老人谁能继承财产的长寿竞争中，鸠野芳夫更希望蛭峰丈二的父亲蛭峰健作取胜。可知道蛭峰健作老人的身体状态不佳且每况愈下的情况后，鸠野芳夫感到了危机，觉得摆在他面前唯一的路只有铤而走险。

“为了让蛭峰健作老人取胜，他丧心病狂地杀害了自己的岳父，可事后万没想到，能得到全部财产的蛭峰健作老人，竟然执意要将财产的一半分给蛭峰康造的子女，并催促律师抓紧办手续。

“老人的这一决定，意味着他的妻子鸠野桂子将拥有四分之一的巨额财产。显然，持有了可以自由支配的钱财的鸠野桂子不会再依附他生活，夫妻关系也将随之结束。鸠野芳夫不能容忍这样的事情发生，便一心想偷盗那份协议，由于目的没有得逞，终于一不做二不休杀害了蛭峰健作老人。这就是他杀人的动机。

“因为蛭峰健作老人获得全部家产，等于蛭峰健一和蛭峰丈二获得全部家产，这对兄弟俩绝不会将到手的财产分一半给他的妻子鸠野桂子。因此就在蛭峰健作邀请蛭峰康造协商如何分割财产时，鸠野芳夫就已经决心实施杀害岳父蛭峰康造的计划。

“他白天在院子里伪造凶手脚印，其目的是让大家觉得凶手来自家族外部。他身穿大衣、头戴礼帽作案，觉得这样的简易化装容易蒙混过关，万一暴露，可以伪造外出一会儿回来的假象。

“到了晚上，蛭峰康造老人对鸠野芳夫说起白天拒绝蛭峰健作的提议一事，还对他说起了手提保险箱里纸币经常被盗的事情，并且让鸠野芳夫去二楼自己卧室取手提保险箱。而鸠野芳夫则抓住了这一天赐良机。

“他离开餐厅后并没去二楼蛭峰康造卧室取保险箱，而是来到走廊角落取出藏在那里的大衣和礼帽，化装后溜到玄关外面装作客人来访按响门铃，凑巧遇上猿田管家像往常那样听到门铃声响开门接待。猿田管家当听说是拜访鸠野芳夫的客人，急忙把化装后的他请到了客厅。

“猿田管家离开客厅去鸠野芳夫卧室通报时，化了装的鸠野芳夫立刻脱下大衣和礼帽把它们挂在玄关旁边的挂衣间，迅速跑到蛭峰康造老人卧室，抱起手提保险箱下楼来。这一连串动作，可以说是在很短的时间里完成的。

“他考虑过，这过程中也许会被人发现，如果真是那样，就延长杀人计划实施的时间，并对识破他化装的人声称自己纯粹是觉得好玩儿和新奇，以此掩盖杀人动机。

“他拿着手提保险箱回到餐厅的时候，正巧遇上刚去过他卧室寻找的猿田管家，向他通报说有头戴礼帽、身穿大衣的客人来访。于是，他装模作样地去客厅接待客人，随后又装作满脸不可思议的表情回到餐厅对管家说，客厅里没见到客人，从而制造了怪客潜入家中的假象。

“他与蛭峰康造聊了一会儿后，谎称客厅里有响声，说去检查一下就来。他跑到玄关边上的挂衣间，再次戴上礼帽穿上大衣站在客厅黑暗的角落里，等待猿田管家进来。

“当时，猿田管家正在楼上楼下寻找那个突然消失的怪客，可结果没有找到，于是打算再去客厅寻找。当猿田管家刚跨入客厅门槛时，便遭到鸠野芳夫的迎面猛击而倒在地上。

“鸠野芳夫抓住猿田管家倒地但神志清醒的时机，敏捷地掏出手枪，从门帘中间交会处朝蛭峰康造老人射去。紧接着，他把枪、礼帽和大衣扔到窗外后迅速返回餐厅，若无其事地站在死者旁边。几分钟后，遇上听到枪声第一个赶来的蛭峰良助。

“应该说他的杀人计划考虑得很周密，可凶手还是留下了蛛丝马迹，那就是手提保险箱里的纸币上全写有记号。这些记号，是蛭峰康造根据鸠野芳夫建议用钢笔书写的。就那么些纸币，写记号最多用不了五六分钟。那么，蛭峰康造老人究竟是什么时候写的呢？

“鸠野芳夫说，他把手提保险箱拿到餐厅后一分钟没有离开过蛭峰康造老人的身边，而事实上他离开过。唯一知道这一情节的，是死去的蛭峰康造老人。因此，活着的人中间不可能有人知道这一事实。

“既然所有纸币上都有记号，无疑是蛭峰康造老人在鸠野芳夫离开时写的，而鸠野芳夫强调一分钟也没有离开过老人身边。这一自相矛盾的破绽，便成了我推断鸠野芳夫是凶手的最主要根据。

“第一次杀人计划，鸠野芳夫就是这样实施的。关于他在第二次行凶作案时伪造自己不在现场的假象，我已经说得很详细了。至于第一次杀人动机与第二次杀人动机，都完全相同。而且，凶手自以为杀人目的已达到，杀人手法天衣无缝，可以高枕无忧了。

“在这种情况下，留给我们侦破该案的办法只有一个。那就是告知大家，老人生前签字盖章的财产分配协议还在，当时说失窃是失误，具有法律效力的协议仍在公文包里。以此观察凶手的反应，引蛇出洞。

“鸠野芳夫尽管狡猾，但最终还是钻入我为他定做的圈套。当然，这是将计就计、套中套。鸠野芳夫给猿田管家送去恐吓信，其目的是为我们定做圈套。他估计猿田管家会立刻把那封信拿给我们看，以此施调虎离山计把我们的视线转移到地下室，为他顺利从保险柜偷盗出协议制造机会。

“我表面上顺水推舟把伏击罪犯的重点设在地下室，而事实上出其不意地抢在他前面埋伏在保险柜房间里，等他自投罗网。那天晚上，他在灶间里只待了一两分钟，便擅自离开灶间去化了装，然后悄悄跑到后门附近一直耐心地等到十二点。

“十二点一到，他出现了，果然没有去事先在恐吓信上与猿田管家约定的左三角馆的地下室，而是相反潜入右三角馆的地下室，从那里直奔二楼蛭峰健作老人生前的卧室兼办公室。我当时拽着你跑那么快，就是想赶在他前面到达那里。

“森川君，听了我这样的详细叙述后应该一清二楚了吧？现在回过头来细想一下，鸠野芳夫是一个可悲的男子……”

明智小五郎说完了，接着，像要驱走讨厌的噩梦那样轻轻地摇了摇头。

おわり

时代文艺出版社·天猫旗舰店

时代文艺出版社·官方微博

时代文艺出版社·微信订阅号